U0907665

独自闲行

李国文 著

天津出版传媒集团
天津人民出版社

图书在版编目（CIP）数据

独自闲行 / 李国文著．-- 天津 ：天津人民出版社，
2018.11
ISBN 978-7-201-13934-0

Ⅰ．①独… Ⅱ．①李… Ⅲ．①散文集－中国－当代
Ⅳ．①I267

中国版本图书馆 CIP 数据核字（2018）第 190765 号

独自闲行
DUZI XIANXING
李国文 著

出　　版　天津人民出版社
出 版 人　黄　沛
出　　址　天津市和平区西康路 35 号康岳大厦
邮政编码　300051
邮购电话　（022）23332469
网　　址　http://www.tjrmcbs.com
电子邮箱　tjrmcbs@126.com

责任编辑　王昊静
策划编辑　村　上　张芳芳
装帧设计　刘红刚

印　　刷　大厂回族自治县彩虹印刷有限公司
经　　销　新华书店
开　　本　880×1230 毫米　1/32
印　　张　8
字　　数　160 千字
版次印次　2018 年 11 月第 1 版　2018 年 11 月第 1 次印刷
定　　价　42.00 元

版权所有　侵权必究
图书如出现印装质量问题，请致电联系调换（0316-8863998）

目录

辑一　淡之美

辑二　自然说

辑三　风物谈

辑四　世间事

辑一 淡之美

淡之美

淡，是一种至美的境界。

一个年轻的女孩子，在你眼前走过，虽是惊鸿一瞥，但她那淡淡的妆，更接近于本色和自然，好像春天早晨一股清新的风，给人留下一种纯净的感觉。

如果浓妆艳抹的话，除了这个女孩表面上的光丽之外，就不大会产生更多的有韵味的遐想来了。

其实，浓妆加上艳抹，这四个字本身已经多少带有一丝乏意。

淡比之浓，或许由于接近天然，似春雨，润地无声，容易被人接受。

苏东坡写西湖，有一句“欲把西湖比西子，淡妆浓抹总相宜”，其实他这首诗所赞美的“水光潋滟晴方好，山色空蒙雨亦奇”，也是大自然的西湖。虽然苏东坡时代的西湖，并不是现在这种样子的，但真正懂得欣赏西湖的游客，对那些大红大绿的、人工雕琢的、市廛云集的、车水马龙的浓丽景色，未必多么感兴趣。

识得西湖的人，都知道只有在那早春时节，在那细雨、碧水、微风、柳枝、桨声、船影、淡雾、山岚之中的西湖，像一幅淡淡的水墨画，展现在你眼前的西湖，才是最美的西湖。

水墨画，就是深得淡之美的一种艺术。

在中国画中，浓得化不开的工笔重彩，毫无疑义，是美。但在一张玉版宣上，寥寥数笔便经营出一个意境，当然也是美。前者，统统呈现在你眼前，一览无余。后者，是一种省略的艺术，墨色有时淡得接近于无。可表面的无并不等于观众眼中的无，作者心中的无，那大片大片的白，其实是给你留下的想象空间。“空山不见人，但闻人语响。”没画出来的要比画出来的更耐思索。

西方的油画多浓重，每一种色彩都唯恐不突出地表现自己，而中国的水墨画则以淡见长，能省一笔，决不赘语，所谓“惜墨如金”者也。

一般说，浓到好处，不易；不过，淡而韵味犹存，似乎更难。

咖啡是浓的，从色泽到给中枢神经的兴奋作用，以强烈为主调。有一种土耳其款式的咖啡，煮在杯里，酽黑如漆，饮在口中，苦香无比，杯小如豆，只一口，能使饮者彻夜不眠，不觉东方之既白。茶则是淡的了，尤其新摘的龙井，就更淡了。一杯在手，嫩蕊舒展，上下浮沉，水色微碧，近乎透明，那种感官的怡悦，心胸的熨帖，腋下似有风生的惬意，也非笔墨所能形容。所以，咖啡和茶，是无法加以比较的。

但是，若我而言，宁可倾向于淡。强劲持久的兴奋，总是会产生负面效应。

人生，其实也是这个道理。浓是一种生存方式，淡也是一种生存方式。两者因人而异，不能简单地以是或非来判断。我呢，觉得淡一点儿，于身心似乎更有裨益。

因此，持浓烈人生哲学者，自然是积极主义了；但执恬淡生活观者，也不能说是消极主义。奋斗者可敬，进取者可钦，所向披靡者可佩，热烈拥抱生活者可亲；但是，从容而不急趋，自如而不窘迫，审慎而不猖躁，恬淡而不凡庸，也未始不是又一种的积极。

一个人活在这个世界上，不管你是举足轻重的大人物，还是微不足道的小人物，只要有人存在于你的周围，你就会成为坐标中的一个点，而这个点必然有着纵向和横向的联系。于是，这就构成了家庭、邻里、单位、社会中的各式各样繁复的感情关系。

夫妻也好，儿女也好，亲戚、朋友也好，邻居、同事也好，你把你在这个坐标系上的点看得浓一点儿，你的感情负担自然也就重一些；看得淡一点儿，你也许可以洒脱些、轻松些。

譬如交朋友，好得像穿一条裤子，自然是够浓的了。“君子之交淡如水”，肯定是百分之百的淡了。不过，密如胶漆的朋友反目成仇，又何其多呢？倒不如像水一样淡然相处，无昵无隙，彼此更融洽些。

近莫近乎夫妇，亲莫亲于子女，其道理也应该这样。太浓烈了，便有求全之毁，不虞之隙。

尤其落到头上，一旦要给自己画一张什么图画时，倒是宁可淡一点儿的好。

物质的欲望，固然是人的本能，占有和谋取，追求和获得，大概是与生俱来的。清教徒当然也无必要，但欲望膨胀到无限大，或争名于朝，争利于市，或欲壑难填，无有穷期，或不甘寂寞，生怕冷落，或欺世盗名，招摇过市。得则大欣喜，大快活，不得则大懊丧，大失落。神经像淬火一般地经受极热与极冷的考验，难免要濒临崩溃，疲于奔命的劳累争斗，保不准最后落一个身心俱瘁的结果，活得也实在是不轻松啊！其实，看得淡一点儿，可为而为之，不可为而不强为之的话，那么，得和失，成和败，就能够淡然处之，而免掉许多不必要的烦恼。

淡之美，某种程度近乎古人所说的禅，而那些禅偈中所展示的智慧，实际上是在追求这种淡之美的境界。

禅，说到底，其实，就是一个“淡”字。

人生在世，求淡之美，得禅趣，不亦乐乎？

闲话闲章

有一次，我送了一本自己的书给一位老先生。他翻开来，见到扉页的题签，笑了。我不知蹊跷，瞧着他。

“阁下这印章，想必是在马路边小摊刻的吧？”这倒也让他猜个正着。

过了一些日子以后，此公送了一方镌有我名姓的印石和另一块闲章。果然，出手不凡，印出样子来，多了一点儿书卷味，少了一点儿匠人气。

“您老的手艺？”

“闲来无事，向你卖弄卖弄。”

那闲章怪有趣，不圆不方，什么形状也说不上，字刻得不篆不隶，四脚巴叉，自成一体。关键在于那铭言“始终如一”，虽然是常见之语，刻在这里，却有很多意思，够我琢磨的了。

老人说了，共勉共勉，看来，他是很想把一生心得与我共享。我虔心看着那朱红印泥的“一”字，好有力，也好醒目。

如一，而且始终，容易吗？我等芸芸众生中的一员，活一辈子，很大程度上就是一个在不停调整中的，使主观世界与客观世界相适应的过程。你想一，未必一，你不想二，偏要你二，所以，“始终如一”是个很难达到的境界。

我讲了我读印的感想，抬头望他：“然否？”

老者笑而不语。

这枚闲章，我用不上，但放置案头，提醒自己尽量如一，作为座右铭，起一点儿警示作用，也有益处。做人也好，为文也好，要做到这个“始终如一”的“一”，也就是“一贯”的“一”，“一直”的“一”。格物致知，读书治学，要做到如北京话说的“死磕”精神的那“一心一意”的“一”，“一丝不苟”的“一”，也还是要下一点儿力气，用一点儿功夫呢！

因为有了这两方图章，便常把玩，也对治印这种纯属于中国文人的器玩，感到有兴趣。我很奇怪，外国人到琉璃厂，常买这类印石，有钱的，花大量外币，竟敢问津田黄鸡血，甚至倩人刻了，带回国去。尽管如此，好像至今在西方世界里，还处于学不来和用不上的阶段。这很可能与中外文字的形态、东西文化的背景不甚相同有关。

西人求实，重物质，讲实用，签名不易模仿，能够鉴别真伪，故而处处签字；而且拉丁字母，曲里拐弯，也很适宜笔走龙蛇。但签出来的名字，可能反映签字人的某些性格，却谈不上成为艺术品。国人尚虚，信精神，重然诺，君子一言，驷马难追，盖上个章，只不过以示郑重，所以，篆刻渐渐发展成为中国的一门艺术。

这与宋以后，至元，至明，文人画大兴有很大关系，文人作画，与宫廷画家工笔重彩不同，多用水墨写意，因而画面通常表现得比较素雅冲淡，韵味是足够的，色彩则略嫌不足。有几枚鲜红印泥的图章，耀眼地盖在画作的边幅或一角，是会生出一种视觉上的快感的。于是，印章、题签和书画三者，为不可分割的整体。这样，治印便是文人画家们的又一技巧和专长。齐白石篆刻也是一绝，有印曰“三百石富翁”，可见他是多么看重这些有灵性的顽石了。

一幅画上，总不能横七竖八都盖上自己的名章，于是，闲章便出现了，成为文人借以表达思想情操、志趣爱好的一种方式。画面上多了个人意气的朱印文字，画也就更好看更耐看了。偶读清人陆以湉《冷庐杂识》卷一《印章》条，提到了明、清三位文人的闲章，颇为别致。一为袁枚，为“三十七岁致仕”，不足四十岁就告别官场，这六个字表示出这位文人的风雅脱俗、不恋凡尘的清高。一为郑燮，为“康熙秀才雍正举人乾隆进士”，这大概是对于科举应试、蹭蹬三朝的自嘲了。

提到这位郑板桥先生，可谓闲章冠军。他辞官回扬州后，以卖画鬻字为生，人称他的诗文书画为“三绝”，推崇备至。虽然他的润笔费不低，可买家还是舍得花钱。于是，他的画品流传很多；

当然，假托其名的赝品也不少。所以，他的闲章七七八八，有很多种。如“七品官耳”“十年县令”“风尘俗吏”等对仕宦生涯抱淡泊心态者；如“吃饭穿衣”“私心有所不尽鄙陋”等不加遮掩，敢坦承胸怀者。文人潇洒，磊落自在，都在他这些闲章上表达出来。

他有一方长达十个字的闲章，“恨不得填漫了普天饥债”，实在让我们感动，这和杜甫的“安有广厦千万间”诗句有着异曲同工之妙。从他的另一首《潍县署中画竹呈年伯包大中丞括》的七绝：“衙斋卧听萧萧竹，疑是民间疾苦声。些小吾曹州县吏，一枝一叶总关情。”中，我们可以看到他是一位时刻把老百姓生死安危、饥饱冷暖记在心上的文人。他在山东潍县做过地方官，颇有政声。后来，因为灾荒，他请求放赈，济民危困，多有亢直言行，为此，得罪了朝廷，被免职回乡。回乡后照样清高耿直，不事权贵，“索我画偏不画，不索我画偏要画”，从这个性格来看，郑板桥一生称得上“始终如一”这四个字了。

在《冷庐杂识》中，陆以湉还举了明人唐寅的例子，说他也有一枚经常使用的闲章，为“江南第一风流才子”。这八个字，倒也符合弹词说唱、故事传说中的唐伯虎。如果，对历史上那个真实的唐解元来说，风流是真的，才子也不假，但江南第一，就值得商榷了。明代全盛时期，在江南出类拔萃的文人中间，他还坐不到首席的位置上，要说是“吴中第一”，或更贴切。不过，文人中又有几个不狂放、不自诩、不把话说得够满，甚至过头的呢？

唐寅的一生先是受科场案牵连，后又卷入宁王朱宸濠逆案之中，科场失意，仕进无门，倘不这样激扬文字、意气风发，做出一番不与世同的行径举止，岂不太窝囊了自己？他在《与文徵明书》中说得清清楚楚："岁月不久，人命飞霜，何能自戮尘中，屈身低眉，以窃衣食，使朋友谓仆何？使后世谓唐生何？素自轻富贵犹飞毛，今而若此，是不信于朋友也。"所以，在吃了这些苦头以后，他的心志更加坚定，他要一直恃才傲物、狂放不羁下去，不改初衷，像他闲章上所说的，要做这个"江南第一风流才子"。

然而，风流的唐伯虎，只不过是外在的表现形式。他写过一首诗，题曰《梦》。

> 二十年余别帝乡，夜来忽梦下科场。鸡虫得失心尤悸，笔砚飘零业已荒。自分已无三品料，若为空惹一番忙。钟声敲破邯郸景，依旧残灯照半床。

这首应该是晚年的作品，倒是他内心的真实写照了。透过他表象的形态上的超脱，剖视他一生也未平静过的心灵，就是中国士大夫魂牵梦萦的功名之想啊！

所以，他这颗闲章，就有点儿心口不一、似是而非了。

当然，一个人要做到前后如一，表里如一，对人对己如一，对上对下如一，也是很不容易的。但是，现在我手上的这枚闲章上的四个字，"始终如一"，倒是应该达到的境界。也许很难做到百分之百，多多少少，在往这个方向努力，也就不负老先生的好意了。

逛书摊

每到夏收以后，农村里就该挂锄，城里人就该歇伏了。不过，一想到暑热天气，酷阳当顶，便没了出门的兴致。但今年，北京的雨水较多，因而不会是那么热得令人难耐，遂有可能走出家门，到各处去转转。

通常，这种消闲活动并没有特别明确的目标。信步而行，欲止则止，遇车即上，欲下则下。有得看，多待会儿，无得看，打道回府。这大概算得上王子猷雪夜访戴的“乘兴而行，兴尽而返”的陶然了。老实讲，在现代生活节奏的社会里，能够做到“梦魂惯得无拘检，又踏杨花过谢桥”的行止随便、惬意自如，也是一种难得的快乐。

因为人们或是主动，或是不情愿地给自己规定得太多太多，不是必定这样，就是不可那样地做事、说话、开会、上班、吃饭、应酬、敷衍，实在是很累很累的。那么，在心劳神疲、殚精竭虑、魂不守舍、压力重重之下，这种轻松一下的行为，便是必要的调节了。当然，轻松的方式很多，下象棋、打麻将、逛公园、看电影，是很多人放松自己的办法。如果不那么囊中羞涩，需要一些情调的话，咖啡屋小坐，保龄球一番，到郊区打打高尔夫，夜总会里跳跳迪斯科，也是使紧张神经为之舒缓的好方法。

然而，也怪，读书人的消闲，说来说去，仍是离不开一个“书”字。所以，在夏季里，倒有不少次这样无目的、无打算、走到哪就是哪的轻松。统计一下，十之八九，倘非书店、图书馆，便是偶尔的书展和街头上永远花花绿绿的书摊了。近年来北京的大商场里也可以买到书，更多了一些可以驻足的地方。我发现，我的好多朋友总是喜欢把时间消磨在这种地方。虽说出门了，上街了，结果不过换个场合读书罢了。

好像古人也是如此，清人陈康祺《郎潜纪闻》卷八载：“相传王文简晚年，名益高，海内访先生者，率不相值，惟于慈仁寺书摊访之，则无不见，亦一佳事。”

这也怪有趣，如果不是愚，大概属于读书人的天性了。

其实，人的一生，都在捧读着两种书：一种是铅字印出来的；另一种，便是叫作人生的这本无边无沿、无休无止的大书了。一般说，读前面的书，易；读后面的书，难。因为即使印出来的最新的书，也是过去。时间的疏隔，已与读者无切肤之痛的关联，可以从容对待。再则允许选择，喜欢读则读之，不喜欢读则不读之。相反，社会、现实、人际关系、日常生活，才是一本真正的大书。这本无字的书，比所有有字的书都学问广博，道理深奥，意旨纷繁，章法多端。有的人读得好些，庶几不至于碰壁；有的人读得差些，有时连生存也会艰难；有的人读得快点儿，可以免得落伍；有的人读得慢些，保不准屁股就要挨打了。这本书的厉害之处是：你读也得读，不读也得读，毫无选择余地，谁也没法逃避。你一定逆着，犟着，硬顶着，不买他的账，你就得付出代价。

所以，在散步时，走过马路，忽有所思，不禁悟道。看起来，人，你我他都在内，其实不也永远处于这两种书的交汇点上吗？眼前如同没有斑马线的十字路口，历史和现实，过去与今天，纷至沓来，目不暇接，难免眼花缭乱，不知所从。但定下心来，将这两种书，横过来读，竖过去念，你就会发现，若是能够努力看透的话，就能从思古之幽情中，学会一种适应生活的能力。

看透，或者努力看透。舍此之外，焉有他哉？

寻找快乐

一位很有名的外国歌手，在她写的《我的故事》这本书里，说了一句我觉得很有道理的话：

The only failure is not knowing how to be happy.

大意是，一个人要是不懂得快乐之道，才是真正的失败。这句话中所寓涵着的人生哲理，真是值得深思。这位歌手就是席琳·迪翁，电影《泰坦尼克号》主题曲《我心依旧》就是她演唱的。影片风靡了全球，她唱的这首爱情歌曲也传遍了整个世界。

不过，她写在自传里的堪称金玉良言的这一句智慧心得，知道的人并不多。其实，歌曲虽然使人愉悦，但那是一过性的，而哲理所能给人的启迪，却有着恒久的意义。一句深刻睿智的话，若能使人悟到什么，从而改变什么，那就更有价值了。

很早以前，我写过一本小册子，书名就叫《寻找快乐》，也含有类似的看法。在我的印象里，歌手都很青春，未必会对人生有多深的体会，看到席琳·迪翁的见解，就不得不对她刮目相看了。

人，活在这个世界上，到底是快活的时候多呢，还是不快活的时候多呢？没人做过这方面的统计。但是我想，“人生识字忧患始”“不如意事常八九”，这大概是对人生一种比较准确的状态描写。快活并不是每个人都有幸运碰上的，不快活则是随时随地在等待着你。

就拿一些极日常的事情来说吧！

假如你一早睁开眼，天气不好，恐怕不会太开心。其实这是常事，但晴朗和阴霾对人的情绪怎么也有影响，老天爷总不开脸，铅灰色的云层，像一块砖头压在心上，能感到愉悦吗？

接着，你皱着眉头吃完老样子的早餐，从果腹这个角度看，也许无可挑剔。但人终究和吃饲料的动物有所不同，胃口大小、心情好坏，乃至于咸淡、干稀都有些个人的讲究。于是，就有喜欢与不喜欢的分别。“嗟来之食”固然难以下咽，“守着多大的碗，吃多大的饭”也会影响食欲，想到终日奔忙，只是为了这碗饭，也就再开心不起来。

人，就是这样，顺的时候少，不顺的时候多，这几乎是绝大多数人的命运。

随后，就该穿衣出门了，这就更麻烦了。你在那儿脱来换去，大半不是从个人舒适角度出发，更多的是从顺应别人的眼光去考虑。你捉摸不透马路上这股服装潮流，一会儿这么变，一会儿那么变，不知何时是个头。而且变过来变过去，弄得人无所适从，就更为苦恼。

穿衣如此，其他诸如此类的烦恼，简直不胜枚举。好了，这就该上班去了。搭乘公共汽车也好，或者骑自行车也好，出了门，一个挤字，就把你的情绪全给败坏了。这世界好大好大，按说不会多你一个，但从别人连一块立锥之地也不想给你留下的挤劲，你会为你自己的多余或别人的多余而无法快活了。

还有比衣食住行更简单、更普通、人人都逃脱不了的事吗？

以此类推，你踏进让人焦头烂额的社会，不知会有哪些坑坑洼洼，等着你去跌个鼻青脸肿呢。所以，越寻思越觉得活在这个世界上，太累了。

怎么办呢？

如果你不想精神崩溃，不想自杀，如果你又不想去大打出手，做一个斗士，改变自己的命运，如果你并不甘心像蚕一样束缚在茧里，被不快活弄得愈来愈不是自己，那么，最佳之计，你一定要努力寻找快乐，去追求你心目中的世界。

千万别跟自己过不去。

记住，你的世界和你的快乐只属于你！

在生活中，大家都知道，快乐不易得，不常得，相反，不快乐却易得，而且常得。不懂得快乐之道，由着快乐从身边滑过，是失败；同样，快乐本来不多，不知道珍惜快乐，不懂得寻找快乐，更不明白去创造快乐，同样也是一个失败者。

为什么快乐少而不快乐多呢？因为人活在这个世界上，就是挑起生活重担的一生，也是风雨兼程的一生，一帆风顺，未必前途光明，日丽风和，未必春天常在，心想事成，未必路路畅通，幸福圆满，未必鲜花不败。晋人羊祜说“天下不如意事，十常居七八”，这是人生体验的真谛。如何在崎岖的生活道路上，如何在坎坷的艰难日子里，使不如意事，少些，再少些，这就必须懂得快乐，寻找快乐。

对上了年岁的人来讲，尤其要活出生命的质量来。

因此，不如意事多，需要快乐的程度也就高，如同人不能缺乏维生素那样，快乐，其实就是人的心灵维生素。每增添一岁，需要快乐的程度，也就增加一分。人越是老，越是需要快乐，来调节身心，来支撑意念，来适应变化，来焕发精神，否则，老得有些累，有些倦，有些烦，有些厌，活得没劲头，过得不如意，思想一懈怠，百病也就要找上门来了。

所以，我的宗旨是，每天早晨一睁开眼，就把这一天当作生命中的一个盛大节日。要把生命最后余下来的每一天当年来过。杨白劳过年，还包玉米面饺子呢！那位逃账躲债的贫苦人，也晓得在三十晚上要寻找一星点儿的快乐呢！那么我们，再不济，也强过喜儿一家吧，想到这里，还有什么不能豁然开朗，而偏偏要愁眉苦脸的呢！

因此，我的办法是，第一，要排除不快乐。在这个世界上，除了老年痴呆症，真正做到无忧无虑也不容易。因此，有了不快乐，要想尽方法去解脱。譬如，不为不值得烦恼的事情伤脑筋，不为不应该激动的事情动感情，不为得不到想要的生闲气，更不为那些鸡毛蒜皮、芝麻绿豆、针头线脑、仨瓜俩枣的事情跟自己过不去。

第二，要明白所谓的生活质量，物质是要摆在第一位的，但不是唯一起决定作用的因素。物质虽是基础，量的增加或者扩大，不见得快乐也随之同比例地增加或者扩大的。一个腰缠亿万的富翁，一个工薪阶层的成员，谁晚上睡觉更香甜呢？说不定是后者而不是前者，因为后者没有那么多值得焦心的事情。一个炙手可热的大员，一个打工揾饭的平民，谁在半夜有人敲门时不那么紧张呢？估计后者会因扰其清梦，愤而骂街，而前者则难免要心怀忐忑，颤抖着双手去开门。

一般来讲，拿钱能买到的快乐，绝对不是真正的快乐。而这种快乐一去以后，那空虚和苦涩，更不是味。物质享受是有止境的，天天顿顿，鱼翅海参，最终有吃腻的一天。只有去寻找那种基本与别人无争无碍的享受，去体味那种既物质更精神上的享受，去创造那种能够品尝得出来的，从心灵到感官的享受，享受得有文化、有品位、有水平、有质量，才使自己活得充实，活得有滋味。

第三，当然，对那些“恰同学少年，风华正茂，书生意气，挥斥方遒，指点江山”的年轻人来说，他们的快乐，在于事业的拼搏、目标的追求、相互的竞逐和不断的进取上；而对于走过了人生大半路程，“停车坐爱枫林晚”的老年人来讲，已过了“到中流击水，浪遏飞舟”的年岁，则尤其不宜乱伤脑筋，乱动感情，乱生闲气，乱闹别扭地自找不快乐了。一个夕阳西下、晚霞满天的人，与一个朝气蓬勃、早晨八九点钟太阳的人，是不能等同而言的。后者，来日方长，有足够的年龄资本，供其挥霍。前者，青春不再，韶华已逝，口袋里那张岁月支票，余额已经屈指可数，就不允许自己大手大脚了。

在这样的现实面前，每一天，都很宝贵，要有意义地度过这一天，便是我们老年人的安排了。于是，从容一点儿，潇洒一点儿，开朗一点儿，明智一点儿，随和一点儿，放松一点儿，淡泊一点儿，想开一点儿，能够这样一点一点地做起来，便是寻找到老年人的快乐之本了。

茶余琐话

我记得刚从南京来到北京的时候，那是1949年的秋天。

北京的秋天有点儿凉，凉也挡不住外乡人对它的兴趣，因为这是一座浓缩着历史的城市，街道、胡同、店铺、人家，都像一本厚厚的古籍，耐人寻味。那一份怎么也拂拭不去的陈旧感、古老感，使人觉得苍凉，更觉得沉重。也许那时的北京没有如今人多，走在小巷子里，除了鸽哨，除了飘落的树叶，除了你的脚步声的回响，连个人影也见不着的，好像时间的钟摆，已经凝滞在那里似的。

北京就是这样的吗？我在纳闷。有一天，走在东单牌楼那条街上，一家茶叶店的楼上，忽听一班洋鼓洋号的管乐队吹吹打打做广告，我吃惊得站住了。茶和萨克管、架子鼓，应该是很不搭界的。然而，这份浅薄的喧嚷，令我对沧桑的古城有了不同的认识。在我的记忆中，上海的茶庄，虽在十里洋场，置身闹市，但唯恐其不古色古香，尽量斯文礼貌，端庄儒雅，尽量商人气少，书卷气浓。而古城的茶叶店，却如此摩登、趋时、市俗化，实在有些不解。

这是我最早接触到的北京人的茶趣。后来，才渐渐明白，老北京人对于饮茶之道和茶叶主产地的南方人，那舌尖味蕾的微妙感觉，有着难以调和的差别。“大碗茶”出于北京，就凭这三个字，便大致概括了京城百姓的茶品味。

这一年的冬天，我参加京郊的土地改革运动，就在海淀蓝靛厂一带，第一次喝到了地道的北京花茶。那时，蓝靛厂是真正意义上的郊区，村庄的土墙上往往能看见用石灰水画的大圆圈。初不明何义，后经老乡解释，方知那是吓唬狼的。因为狼性多疑，一见白圈，不知深浅，便多掉头而去。如今，若将当时土改工作组有人受到狼的攻击事讲给那一带的人听，一定以为是天方夜谭。

所以，分到各村去的工作人员，一路灌足了挟带着沙尘的西北风，再加之对狼的提心吊胆，到了老乡家，能坐在热炕上，喝一盏香得扑鼻的花茶，便是非常滋润安逸的享受了。

蓝靛厂周围村庄多为旗人聚居地，他们大都不从事农业劳动，因而不能分田分地，但有关政策还是要向他们宣传的。旗人由盛而衰，虽衰，可还保留着一点儿盛时余韵。譬如礼数周到，譬如待客殷勤，客至必沏茶，必敬烟，古风依然。水壶就坐在屋中央的火炉上，整日嘶嘶作响，阳光透过略有水蒸气的窗户，有一种朦胧温馨的感觉。我第一次喝到北京的花茶，就是一位穿着又长又大棉袍

（即使当时也不多见）的旗人老太太亲手沏的。

递在我的手里，眼前一亮，杯子里还浮着一朵鲜茉莉花，那在数九寒天里，可真是稀罕物。以前在上海家中，只知绿茶和红茶，也仅识得绿茶的炒青、瓜片、毛尖，红茶的祁门、英德、宁红种种。不知花茶为何物。四十年代在南京读书时，随着当地同学去泡茶馆，南京人讲究“上午皮包水，下午水包皮”；泡茶、泡澡，视为人生两大乐事，这才听跑堂问：“先生阿要香片？”

香片者，即花茶也。这位曾经进过宫，给太后娘娘（我估计为光绪的瑾妃，后来的隆裕皇太后）磕过头、请过安的老太太，不说花茶，而说香片，这是一种派，一种过过好日子、见过大世面、轻易不肯改口随俗的自尊。前几年，到台湾，与那边的朋友谈北京，有人很留恋北京香片，说那一股沁人心脾的气味，至今难以忘怀。看他年纪，不用问，三四十年代肯定在北平待过，属于在旗人老太太那一类的香片茶友。现在，几乎没有人说香片了，“文革”期间，到茶叶店里，连花茶也不说，招呼声来一两“高碎”（即高级茉莉花茶碎末的简称），服务员也就明白了。花八毛钱，捧回家来，挨批遭斗之余，喝上一杯，也是无言的自我安慰了。

在什么都凭票凭证的年代里，只有茶叶是和中国老百姓在一起的，这真不容易。

不过，我对这种花非花、茶非茶的香片不是十分热衷。我更喜爱喝闽北的武夷岩茶，闽南的安溪铁观音，台湾的洞顶乌龙，粤东的凤凰单丛（枞）。记得有一年坐长途大巴，行驶在闽粤交界处的山区公路上，路况不佳，颠簸困顿，饥渴难忍，加之烈日当头，骄阳似火，酷热难熬，众人遂要求在路旁的小镇歇脚。就在热得不可开交的那一刻，一小盅烫得不可开交的工夫茶，浇入喉间，顿觉暑热全消，心旷神怡，如苏东坡诗中所写“两腋清风起，我欲上蓬莱”那样，竟有飘飘欲仙之感。

古人喝茶，是要煮的，而现代人喝茶，通常都是冲泡。古人煮茶，还要放进别的什么东西的，也许花茶是更古老的一种喝法呢。“昨日东风吹枳花，酒醒春晓一瓯茶”，唐人李郢这首《酬友人春暮寄枳花茶》诗，或可一证。但是，要想喝到茶的全自然品味，当数绿茶，因为它最接近原生态。其实，能喝到杭州龙井、苏州碧螺春，或者阳羡、婺源这些有名气的绿茶，自是口福不浅。其实，“天涯何处无芳草”，有一年，在皖南黄山脚下，逛徽式古建筑村落，走得累了，在一农家院落里大影壁下歇凉，自然要讨口水喝。主人颇知趣，忙汲井水，着小妮子烧开，抓两把新茶，投入硕大的茶壶中。连连说无好茶招待，但斟上来一盏盏新绿，同样也喝得齿颊生香，余甘不尽。其实，得自然，得本色，得野趣，便是佳茗。有茶助兴，便雌黄文坛，嘲笑众生，海阔天空，心驰神往起来。

茶，能醉人，我想，那一天，我是醉茶了。

苏轼诗云：“戏作小诗君一笑，从来佳茗似佳人。”如果允许说两句醉话，绿茶似童稚少女，红茶似成熟少妇，乌龙似介乎两者之间的邻家女孩，更妩媚可爱些。那么，北京人钟爱的花茶呢？就是打扮得过头，甚至有点儿张狂的女郎，倒遮住了本来的应该是率真的美。

然而，茶是好东西，在人的一生中，它或许是可能陪伴到你最后的朋友。

一般而言，抽烟，是二十、三十岁时的风头，架二郎腿，喷云吐雾，含淡巴菰[1]，快活神仙；喝酒，是四十、五十岁时的应酬，杯盏碰撞，酒浅情深，觥筹交错，你我不分；可到了六十、七十岁以后，医生会谆谆劝你戒烟，家人会苦苦求你禁酒，到了与烟告别、与酒分手之后，百无聊赖之际，口干舌燥之时，恐怕只有茶陪你度过夕阳西下的余生。

我在剧团待过，团里的那些老艺人，都是老北京，都是花茶爱好者，一上班，先到开水房排队沏茶。然后你就听吧，他们喝起茶来，所发出日本人吃面条的吸溜之声，此起彼伏，压倒了政治学习读报纸社论的声音。由于他们茶叶的消耗量大，所费不赀，所以，他们都喝那种不是很贵的花茶。如果说开门七件事，柴米油盐酱醋茶，茶在末尾，对老艺人来讲，这最后一位的茶却是第一位的需求。

旧时，京剧演员在台上唱着唱着，跟班会送上去一盏茶，戏停下来，让他润润嗓子，这叫“饮场”，艺人离不开茶的程度，可想而知。我在的那个剧团，说唱曲艺的，通常都携有一个半公升大小的搪瓷茶缸，茶缸上挂着的茶锈，至少有好几微米厚，足以说明其

---

① 一种烟草。

茶龄之悠久。他们从做徒弟时捧这个茶缸，捧到当师傅，捧到退休养老，捧到赋闲晒太阳，看样子，一直要捧到生命的最后一刻，才会撒手。

人之一生，说起来，是一个加和减的过程，先是加，加到一定年龄段以后，就开始减了，最后减到一无所有为止，每个人都会遇上这样一个渐渐淡出的局面。烟会离你而去，酒会离你而去，甚至亲人、朋友、同事都会离你而去，只有这一盏茶不会把你抛弃。

茶好，好在有不嚣张生事、不惹人讨厌、平平和和、清清淡淡的风格，好在有温厚宜人、随遇而安、怡情悦性，而又矜持自爱的品德。在外国人的眼里，茶和中国是同义词，你懂得了茶，也就懂得了中国。

西洋人好喝咖啡，中国人爱喝茶，咖啡是在亚热带阳光充分的肥沃土地里生长出来的，咖啡豆成熟了以后，红得十分鲜艳，因为它凝缩了太多的阳光。而茶叶通常都种植在云雾迷漫、空气湿润的高山之巅，茶树的每个叶片，云蒸霞蔚，雨露滋润，汇聚着大自然的精灵之气。如果说阳光是热量的总汇，那么精灵则是智慧的结晶，所以，喝咖啡的西方人和喝茶的中国人，在感情上，便有外在和内向之别；在性格上，便有冲动和敛约之分；在行为上，便有意气用事和谨言慎行的不同；在待人接物上，西洋人讲实际，讲率直，重在眼前，中国人讲礼貌，讲敦厚，意在将来。

所以说，茶之可贵，因为它能成为我们每个人的终身之友，它那一股冲淡的精神，也应该是我们每个人尽量禅悟的真谛。

一杯在手，在缕缕茶香中，你会暂时把日子的艰窘、工作中的不愉快、事业上的阻难、家庭里的纠葛等等头疼之事放在一边，仅仅体味这片刻的宁静与舒缓。

学会冲淡，这是茶给我的启迪，虽然觉悟得太晚了一点儿，如果按古人所言“朝闻道，夕死可矣”的话，悟得晚比不悟，终归要好一些。

一般来说，琴弦绷得太紧，就有断的危险，陡冷陡热，杯子就会爆裂，一个人，神经要是总处于紧张的竞争状态之中：你多，我没有你多，想方设法要比你多；你出名，我没有你出名，不择手段要比你出名，总是没完没了地折腾，没准会生出毛病。我认识的好几位同行，就这样把自己折腾没了。

所以，要学会饮中国茶，要懂得饮茶的宽容放松之道。君不见茶馆里何其熙熙攘攘，又何其气氛融洽，高谈阔论与充耳不闻并存；驴吸鲸饮与徐徐品味同在；伟大的空洞，渺小的充实，各有各的活法各有各的精神满足；昨天为爷今日为孙，此刻为狗他时成龙。完全可以相行不悖，互不干扰。在茶馆里，没有什么一定要领袖群伦的人物，让大家慑服于龙威之下，你在你的桌上哪怕称王称霸，全球第一，宇宙第二，我在我桌上也可以不理你，不尿你，谈不上谁买谁的账，大家平等。也只有这样的氛围，心能静得下来，气能平得下去，这就是只有茶能起到的调和作用、稀释作用、淡化作用、消融作用。

如果是酒的话，火上浇油，双方肯定剑拔弩张不可。因此，以茶代酒，永远不会胡说八道。以茗佐餐，必然会是斯文客气。这世界上只有喝茶人最潇洒，最从容，不斗气，不好胜，我们听说过喝啤酒的冠军、喝白酒的英雄，但饮茶者才不屑去创造这些纪录呢！有一份与他人无干、只有自己领受的快乐，就足矣足矣了。

咖啡太强劲，可可太甜腻，饮料中防腐剂太多，汽水类含有化学物质，唯独茶，来自中国土地的饮品，有着非舶来货所能相比的得天独厚之处。清心明目，醒脑提神，多饮无害，常饮有益，尤其茶的那一种冲淡清逸、平和凝重、味纯色雅、沁人心脾的品格，多多少少含有一点儿做人的道理在内。

多一点儿恬静，少一点儿狂躁；多一点儿宽余，少一点儿紧张；多一点儿平和，少一点儿乖戾；多一点儿擅自珍摄，少一点儿干扰他人。也许，这就是多余的茶话了。

境界三帖

一

有一次，游名山，朋友们都登绝顶而去，我懒得爬山，便在山脚闻名遐迩的宝刹憩息。天很热，我坐在井边纳凉，寂寞寺院，寥落蝉声，显得少有的寂静。只见一位和尚，一担一担地挑水，去冲洒殿前的青石台阶。他年纪不大，话也不多，但言谈得体，识见不俗。这样我知道他是个游方的僧人，好像是佛家规矩，凡挂单者，总得为寺院做些什么力所能及的事。

忽然，钟磬齐鸣，佛号长诵，原来从海峡那边来了一位法师，以及随同多人，都披着金光灿烂的袈裟，在正殿里做法事，并布施若干万元。然后，又看到方丈引路，长老陪同，住持拈香，几乎所有僧众都簇拥着贵宾，瞻观膜拜。相比之下，这位穿着直裰短打的行脚僧，看来只有自食斋饭，自宿僧房，无人搭理的冷落了。我说，同是佛家子弟，何必厚此薄彼？但他很坦然，继续挑着一担担井水，不紧不慢，将大雄宝殿前面冲洗得干干净净，尘埃不沾，暑气尽消。

我打量这位僧人，不由肃然起敬。整个下午，我看他从井筒里，至少挑有四五十担水，每一次把水筲从井口提出来的时候，都是绳直而不弯，水满而不盈。然后将水再倒进铁桶里，几乎很少泼洒在井栏上。担水一路，步履安详，也不见溅溢出来。这种从容不迫、举止得当的神态令我神往。我想换作我，肯定是做不到的。

于是，我向他请教心静之术。他合十说，佛是不许打诳的，他没有想得这么多，甚至根本不曾想，心里只有这桶水，也就不可能生出其他杂念了。他虽然不是高僧，但他的话，他的行为，却透出一种颖悟。从此，每当我感到心烦意躁之时，就想想这位担水的和尚，顿觉有习习凉风，由腋下生起，不由轻快许多。其实，杂念即欲。人世间的许多烦恼，皆因太在乎那桶水外的名欲和物欲，纠缠其中，不能自拔。如果只求挑好自己那桶水，摒除杂念，力臻宁静淡泊的境界，我想，无论对己还是对人，都会是一件有益的事情。

二

中国人热情好客，世界闻名，尤其关心别人胜过自己，毫无疑义是我们这个礼仪之邦最优良的传统之一。

我们都有这样的体验，若是你敲开村子里谁家的门，你就不仅是这一家尊贵的客人，势必也是全村共同的客人。不大工夫，村里的男女老少都会跑来关心地看望你。

在美国，除非你屋子里冒出股股浓烟，有必要招来消防队，否则，他们讲究尊重别人的隐私权，会不动声色的。所以他们相处，通常不怎么好打听对方的家庭、婚姻、职业、财产收入等等情况。因此，西方人的冷，似乎是故意地保持距离，也好也不好。好的是不给他人制造无端的干扰，能有属于自己的一方净土；不好的就是互相之间的联系过于隔阂。一个老头或者老太太，孤苦伶仃地死在公寓里好几天，无人过问，也是常有的事。

但好心过度，好到人家实在受不了，事事插手，包打天下，好得过了头，变成打扰别人的话，便会产生出负面反应。我就见到有些心肠太热、热得过度的人士，总是生怕别人犯错误、栽跟头似的，谆谆教诲，苦口婆心。这样热的后果，往往适得其反，倒叫被教育者感到头痛不已。糖是甜蜜的，你好心把他埋在糖堆里，他就成了蜜饯。

别说这种互相的关心要见好就收，就是男女之爱，太多了也使对方经受不住。美国就有一对情人，爱得太深，吻得太紧，以致一方窒息而亡。这种热昏了头的感情，对被爱者来讲，就成了痛苦。

所以，冷和热，过之犹不及，要以适度为佳。

三

通常，人老了，意味着成熟。作家老了，尤其应该如此。我特别钦佩文学长者笔下那种对于命运的领悟、人生的豁达、世情的谙悉、社会的了解，所言所行，常常于不期然中所闪烁出的智慧之光，足使我们这些后辈于迷蒙中清晰、混沌中了然，从而获益匪浅。因此，我总感觉到这些老者的人品、风范、学问乃至于炉火纯青的文章，由于经过了长时间的历练磨砺，虽岁月迁移，世道变幻，已无碍于那光辉的存在。于是，在我脑海里，对这些敬仰的前辈，遂凝固成一个如玉之润、如石之坚、如水之静、如海之深的永恒印象。

不知道这是否可称为在历史中的永恒、读者心目中的不朽？

有一年的冬天，我去积雪覆盖着的托尔斯泰的庄园参观。那庄园叫亚斯纳亚，位于离莫斯科不很远的图拉附近。也怪，那天也不知为什么，偌大的庄园，银装素裹，一望皆白，竟再无其他来参观的人，显得十分落寞。当时，我心中涌上来很冷清也很凄凉的感慨。因为看不到太多脚印的雪地，是冷落的最好见证。

托尔斯泰就这样很不起眼地埋葬在他的庄园里，一条平平常常的土路旁边。

他的坟墓只是稍稍隆出地面的一块小丘，除了周围的参天高树外，别无任何明显的标志。那些照例有的，也应该有的碑石、祭坛、十字架等装饰，在这里是看不到的，真是平凡得无法再平凡了。要不是插在不远处的一个小小的木板上写了两行字，我们就会走过去了。

这两行字，给我留下了深刻的印象。

大意是这样：请你把脚步放轻些，不要惊扰正在长眠的托尔斯泰！

多好！一片洁白，万籁无声，仿佛时间也凝固了。这一块普通木板上的两行字，倒体现出这位大文豪朴素中的伟大磊落，淡泊中的高风亮节。我忘了查考这是谁的手笔，但使我豁然贯通，眼下这份寂寥空廓，不正是这位文学巨人最后走出亚斯纳亚，在风雪中追求不知所终的辽阔苍茫的境界吗？

虽然陪伴着这位文学巨人的是那晶莹的雪和那冷冽的空气，但他的智慧之光，却会永远点亮世人的心。

旅伴

你走过夜路吗？

没有旅伴，只有你一个人踽踽独行？

那时，你会感到孤独。你会觉得一个人活在世上，是不可能，也不应该完全与社会隔绝的，当然更不希望被社会抛弃。哪怕鲁滨孙漂流到荒岛上，还有一个“礼拜五”和他做伴呢。人需要人，和人需要阳光、空气一样重要。

假如，这时在你身后的漆黑中，有一星灯亮，虽然你会忐忑，谁知后面来的是好人还是歹徒，但你将不会再有孤独带给你的那种空空荡荡的心悸。真正地被人为地孤立起来，那是一种折磨。囚犯的囚字，便表明了孤独是古已有之的惩罚手段。

我先听到身后些微的动静，回头看到一盏明灭不定的灯亮，我能判断，那不是飞舞的流萤。我驻足，回过头去，任那还带着秋阳温暖的河水，漫上来，浸湿我的脚，我等待着，希望有一个旅伴。

我想起契诃夫的一篇小说，一个人和别人打赌，把自己关在一间屋子里，不是几天，也不是几月，而是十年二十年，不和外界有任何接触。最后，他终于坚持到了约定的期限，明天即可以走出封闭的屋子，拿到这笔赌赢的巨款。但是他在天亮以前，独自离开那间幽闭多年的屋子，留下一封信。信中说他在饱尝了孤独的苦痛以后，悟到一个人有比金钱还更为需要的东西，那就是人与人的感情交流。

我记忆中的这个夜晚，是在山西与河南交界处的一条人烟稀少的丹河河谷里赶路。月明星稀，秋虫啁鸣，凉风飒飒，草木萧萧，若不是我那时的政治境遇，若不是我急急地要从下放劳动的那个小山村步行数十里路赶到九府坟车站准备回北京的话，那秋夜实在是怡人的。

灯近了些，也许影影绰绰地发现了我，那灯火，便停在原地了。

那是若干年前的事了，如今回想起来，当时的酸辛苦涩和严峻，渐渐地不再占有很重要的位置。相反，阳光下的山，山阴里的河，河谷间人与人在劳动中的友情，倒似雾似梦地经常在心头泛起。在有限的脑海里，多保留一点儿往日的温馨情爱，你便会感受到这个世界仍有许多可以寄托寸心的所在，因此便不再觉得孤独。

丹河到了柿子红熟的深秋，便清澈平缓，无声地在你身边流过。路就在曲曲弯弯、高高低低的河沿上，是由放羊的人、抄近道的人走出来的。若顺盘山公路，我将赶不上明天一早的火车，只有这一班车。

等我继续赶路的时候，那并不很亮的松明，迟疑了一会儿，又随着脚步的高低，一跳一跳地走动了。

虽然，我离开山村的时候，有一辆运料的卡车下山，那司机终于不敢叫我上他的车，我一点儿也不怪他，他有他的难处。同样，我能体谅隔着帐篷说话人的苦心，他大声地，不知在问谁："秋后还闹狼吗？"

没有回答。

他又说："夜里我可听见过狼嚎的。"这分明是在提醒我。

这些人都是我劳动时的伙伴，他们都是些普普通通的工人。不知哪位好心朋友，有意识地扔了一根白蜡杆在路口，那是一种韧性很强、轻易不断的木棍。我心里谢了，俯身捡了起来，上路了。

夜深露重，孑然独行，不过有了身后面的这位若即若离的行路人，我觉得不再寂寞，也不担心出没的野物。无论如何，在路途中，又是这样凄冷的秋夜，有一个旅伴和没有一个旅伴是不相同的。尽管那人（我也不知是一个人还是两个人）始终跟我保持距离，不过我已感激不尽了，我能理解，谁对陌生人不存戒心呢？

过了方山，上了公路，不远便是山下的一片平川，那星星点点的灯火闪烁处，就是火车站了。

这时，我发现那辆卡车才开了过来，想不到比我步行的人还慢，真是太奇怪了。

那位师傅发现我，刹住车，从车窗里探出头来。也许这里没有了什么顾忌，甚至埋怨我："你啊，你啊，听拉拉蛄叫唤，还不种地呢？我在公路上等了你小半夜，想不到你竟敢抄近道，顺河边走，幸好没出什么事。快上车吧！"

我正想告诉他，这一路好歹有个伴时，那些手持松明的人，也跟了上来。在模糊的光影里，我发现至少有三个人，说不定还多，与我前后脚走来。见我往车上爬，他们也停下来。然后，我惊讶地看到，他们立刻调头，顺着来的方向往回走了。那明灭不定的松明，随着他们加快的脚步，似乎显得轻捷地跳动，愈走愈远。

"谁？"师傅问我。

我不知道是谁。直到今天，我还是不知道那几位好心的旅伴是谁。司机师傅告诉我，要是只有一个两个人的话，狼是敢扑上来的。听到这里，我心里感到一股暖流，这世界竟还有这样的温馨，也是人们觉得活下去的力量吧！天还未亮，坐在驾驶室里忍不住激动的我，索性由那滚烫的泪水痛快地流着。

从此，我深信，只要忠诚于自己，忠诚于朋友，哪怕是一条漆黑的夜路，一定会有旅伴与我一路同行，绝不会孤独，也不会寂寞的。

事隔若干年后，我回想那山垭口似雾似梦的情景，仍忍不住要问：那是谁呢？这些怕我被狼吃掉，在默默中送我一路的旅伴！遂成了一个永远的然而是温馨的谜，也许再也解不开的。但对一个美好的世界来说，难道必定需要一个答案吗？美好，不就够了吗？

赶路吧！我总是对自己策励着，旅伴在等待着呢！

耕耘者说

我也记不得是在哪本书里读到过的了，书名忘了，作者忘了，但里面有一句话，我却一直未忘。书中的一位主人公说：“我们都是土地的儿子！”人和土地的关系，再没有比这句话更贴切的了。

这句话在那本书里，究竟是用来褒扬人对土地的感情呢，还是嘲讽耕作于土地的农民的狭隘呢，终是回忆不起来了。或许两者都有，或许两者都不是。但我却牢牢地记住了这句话。我相信，人对于土地，总是有一种摆脱不了的归属感。双脚站在土地上，那种实实在在的滋味，平时是不大感觉得出来，只有在你所乘坐的飞机降落时刻，轮子擦着跑道的那一瞬间，体会是最深刻的了。每次到居住在高层建筑物里的朋友家串门，望着窗外的蓝天，站在阳台上往下俯视，心里总有些悬悬乎乎的不踏实感。

因此，也许我勉强算是个土地的儿子的缘故，如果给我一份选择的权利，高层建筑和普通楼房，我宁肯更接近地面一点儿。我在北京城里居住的年头也不短了，对那些走来走去的大小胡同，渐渐地看惯了。尽管有的大杂院，条件可说是十分之糟，但是到了春天，院里该绿的全绿了，该开花的全开了；到了秋天，该结果的全结了，该落叶的全落了。一年四季，在你眼下的土地上，实打实地给你可以把握得住的那变化着的一切，使你觉得有一份充实。

多好！别人是否这样看，我不敢说，反正，我觉得好！

有时候，从胡同里走过，那一阵阵槐花的香味，并不因为这院里住着的多是些平民百姓，而不好意思飘出院墙。那一串串脆枣，那一个个红柿，绝对不怕张扬地映入过路人的眼帘。这时候，我就很羡慕居住在小院里的有块空地的人家。

终于，三次换房，从三楼而二楼，从二楼而一楼，而且，有了一个小院。虽然，位于楼房的北面，大部分时间被遮住了阳光，然而，那是一个当真的小院，四周有矮墙围着，其中有一块可以种些什么菜和豆，长些什么花和草的土地。刚刚搬来后不久，就在集市上一位老乡手里，买了两棵石榴栽上了。说是一种甜石榴，每个能结得碗那么大，放心吧，两年开花，三年吊果，绝不怕肥，你就侍弄着，准保你不能失望的。过了一年的春天，由于我们采取了防寒措施，那两棵石榴未被冻死，活了过来。于是又买来几株据卖者介绍说，是很不错品种的玫瑰香葡萄插在土中。

我之所以热衷于葡萄和石榴，当然是因为不需要太复杂的栽培技术。所谓园艺，是一门艺术，我何尝不想在小院里有几竿湘妃翠竹，枝叶掩映，一年四季，绿意盎然。要是再有一兜西府海棠，到花盛季节，引来飞舞的蜜蜂蝴蝶，那必定是赏心悦目的。但我一位有坐北朝南小院的邻居奉劝我，他先声明，决无打击我的积极性的意思，阁下这院子太背阴了，什么都长不好的。别瞎费力气，别指望，别想得那么美好，朋友！

这位直言不讳的朋友，说罢走了，可是，我已经种下了石榴和葡萄，总不能弃之不顾吧？何况在我印象中，一直还保留着对于远祖来自中亚的，这两种果品的最美好的回忆呢。那是几年前去格鲁吉亚，在美丽的第比利斯山城，吃到了真正的本乡本土的石榴和葡萄。

平心而论，我所吃过的石榴，很难称为水果的。除了一层薄薄的皮，便是涩口的籽核。一粒一粒地吃，费事；一把一把地吃，涩得嘴都张不开。在那里，我讶异的不是它的大小，而是剥开来，每一粒籽实都像一注清洌甜美的甘泉，好像不含有引起口腔酸涩感的单宁质似的。于是产生一种奇怪的想法，也许吃的不是石榴吧？葡萄那就更不用说了，格鲁吉亚是葡萄之乡，诗人叶夫图申科陪我去过一处古老的酒窖，品尝过窖藏了二三十年的我们中国也许该叫作陈酿的葡萄酒。我去过位于高加索山脉的许多地方，每到一处，端上来款待客人的，就是各式品种的葡萄。我一点儿也没有妄自菲薄的意思，那是我一生中吃过的最好的葡萄。

于是，当在小院里只问耕耘，不问收获时，无论如何，总是被格鲁吉亚那残留下的记忆所诱惑，一想起来，仿佛仍齿颊生香似的。可是，石榴虽然活了，但总是很孱弱。葡萄拉蔓了，也上了架，始终恹恹的没有生气。按懂行的人指点，枝也剪了，肥也施了，虫药也喷了，杂草也除了，根部的砖头瓦块也捡走了。一年过去，两年过去，三年也过去了，真让人失望，一点儿也不让人兴奋，石榴非但没挂果，连花也不开一朵，葡萄结过几嘟噜，酸得连尝一尝的勇气也没有。

就在这期间，靠墙根的水泥房基处，长出来一棵泡桐。后来，才明白，这是在盖房子打地基被砍伐了的大树，根部未刨掉又萌生出的新枝。长势很猛，也就一年工夫，蹿出一人来高。有人说，你要不弄掉的话，有这么一个抢嘴的家伙，你浇多少水，喂多少肥，全等于让它独吞了。当时，我好像未加什么考虑，二话没说，拿起铁锹，就把它齐根铲断了。

一棵青枝绿叶的泡桐就这样倒下来了。做这件事情的过程中，心里涌上来是奇怪的甚至是愤愤然的感情。因为未经我的许可，竟然在我的小院里长出来，而且长得比我种植的葡萄、石榴还要好，这当然触犯了我的尊严。后来我想，也许土地的儿子，在对于土地的依恋外，可能难免产生对于土地的统治、管辖的私有心理吧！

这或许是私有制给人带来的弱点了，嫉妒心是一方面，在你眼皮底下，全不买你账地存在着，伤害了你的自尊心，则是另一方面。这是你的地盘，你的天下，应该你说了算，唯辟作威，唯辟作福，你想要干掉谁，谁就甭想活。于是采取断然措施，恨不能斩草除根而后快。细想起来，太过分了！上帝赐予的土地，本是众生共有的，谁都有生长的权利，干吗要斩尽杀绝呢？抑或这小院属于我，长出这棵泡桐，给我一片绿，又有什么不好的呢？

小院依旧，冬去春来，石榴剥掉裹着的冬装，已生出淡绿的叶芽，葡萄从土里刨出来，新的枝梗也开始延展，透露出一丝春意。似乎是同时，墙脚下那被砍掉的梧桐，管我赞成不赞成，喜欢不喜欢，拇指粗细的枝条，笔直地拔地而起。也许是我的偏见，我认为它那昂扬着的样子，是在向我挑战。

我始则犹豫了一下，结果还是动手，要把它折断。

想不到的，看起来那样柔嫩的枝条，竟是那么坚韧，从撕裂处滴出来的液汁，像切开的血管，向外奔着鲜血似的不可遏止，那情景把我惊吓住了。直到我连根扯断后很久很久，还往外冒出那清冽的晶莹的水滴，淋漓不止，使我有些不安了。

我想，也许是泡桐树痛苦的眼泪吧？

望着我苦心经营，但始终精神不振的石榴、葡萄，我心软了。一个如此具有强大生命力的东西，我偏要想方设法地掐死它；而这两种真好像是扶不上去的天子似的，寄托着我中亚甜美之梦的果品，却总像遭霜打过的一样，蔫蔫的了无生气。

有人建议，给葡萄、石榴埋一点儿维生素吧！有人推荐，一种植物催长剂很灵验的，让我试一试！有人认为，土质不行，干脆换土吧！我都从善如流地照办了，并不见任何效果。直到那位拥有一座向阳小院的邻居，笑吟吟地告诉我，关键在于阳光，万物生长靠太阳，唱了这么多年的歌，你怎么还不明白问题所在呢？我悟了，难道要我拆房子让它们得到充足的日照吗？

那么泡桐呢？它甚至一丝阳光也照不到的，无论再三再四地摧折，就在我为我的葡萄、石榴换土施肥之际，一枝比先前更为茁壮的泡桐树苗，管你什么态度，也不看你的眼色行事，又挺拔地且无惧无畏地从墙根下长出来了。

我问我的邻居，它没有阳光，不也生机勃勃吗？

邻居反过来问我："那你知道，它的根部在泥土里扎得多么深吗？你弄不死的，你对它无可奈何，不管你来硬的，来软的，绝对是在白费心机，你哪怕气得吐血，一个有生命力的东西，它该长出来，你是压制不住的。"

"由它生长？"

"这就是世界。再大的院子，也是这个世界的一部分。谁也不可能例外，谁也无权例外，即或暂时例外，除了在历史上留下笑柄外，什么也剩不下的。是不是？"我这位学哲学的邻居莞然一笑。

光阴似箭，日月如梭，说话间，我搬到这幢楼里来住，也快五年了。

葡萄有两年，总是那七八个残缺不全的叶子，结那么可怜巴巴的酸掉牙的十来个果子，仅此而已；后来，也许它自己觉得活得没什么意思，死了。石榴呢，还健在，长高了许多，不过胡乱分蘖，至今既不开花，那肯定更不会结果了。

倒是那棵泡桐，亭亭玉立，长成了树势，硕大的叶片，在夏日里，在微风中婆娑摇曳，也有它自己的一块绿荫。当我推开后窗，那怡悦的绿色和院外的树木连成一气，不也是一番别致吗？

真的，我又想起邻居的话，这就是世界。

而且，愈琢磨愈觉得有道理。

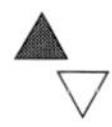

我的阅读主张

阅读，并不都是愉悦的。

人的一生，其实阅读的最大的一本书便是生活。但这本书对我而言，从来也不曾给我带来过什么愉悦。也许，正因为这个缘故，数十年来，也就只有于阅读之中，赖所获得的愉悦，聊以自适。所以，对于书籍，对于各式各样能够到我手中的书籍，我都是心存感激的。

每本书都是一个独特的天地，当你沉埋这个用文字建造起来的虚幻世界里，你在现实生活中所遭遇到的画地为牢的孤独便会暂时忘怀，久而久之，阅读的最大愉悦就是这种对于身外一切纷扰的遁逃。我不甚害怕那些岁月里的熬煎，只是害怕无书可读，那种孤独，才是真正无法排解的。

一般来说，凡阅读，目的有二：一、求知；二、消闲。当然对我而言，还有其三，那就是上面所说的逃遁了，即或是极其短暂的逃遁，能够忘却那视你为贱类的一张张唾弃的脸，一双双蔑视的眼，也是于阅读中获得的最高愉悦了。不过，这只是属于我的个例，不足为训。

求知也好，消闲也好，是可以并行不悖的。求知未尝不具消闲的功能，消闲未必收不到求知的效果。可以说，只要打开一本书，总会给你带来学问，多少和大小的区别罢了。有的书是大学问，有的书是一般的学问，有的书未必有什么学问，甚至连教益也谈不上，若能使我获得阅读的片刻愉悦，那也是我于孤独中的最佳伴侣了。当许多人都把背冲着你的时候，书籍不抛弃你，与你为伴，便是极其可贵的朋友了。

正如我的胃口不怎么挑食的习性那样，对于书籍，只要能看得下去，总是不放过的。几乎是来者不拒，很少选择。因为我对好心人的谆谆教导，应该读什么书，不应该读什么书，从来抱敬谢不敏的态度。因为我一向认为没有不可看的书，只有看不到的书。不过，近年以来，视力严重衰退，对于时髦的书，流行的书，炒作的书，五个人以上穿一条裤子齐声叫好的书，就只好遗憾，放弃阅读了。尽管如此，我仍旧主张阅读，只要时间和空间允许，尽其一切可能地阅读，阅读一切可能读到的书。

古人说过，“开卷有益”，这绝对是真理。古人还说过，“敬惜字纸”。在他们眼里，凡是有文字的纸张，都应采取珍惜的态度。

这当然未必可取，那反映了印刷物不普及的小农经济社会中的惜物心态。但应该看到，这种书籍崇拜是中国知识分子薪火相传的宝贵精神，是中国文化得以数千年赖以不堕的物质基础。

但后来，尤其到了今天，中国有太多的书，而这些太多的书里有着太多的糟粕，这也是令想读书的人颇感挠头的烦恼。如果无所适从，茫然失措，因噎废食，糟粕固然没了，精华也随之而去。其实，不去其糟粕，何来精华？读书的全部愉悦，就在这种抉择之中。好和坏，自己判断，糟粕和精华，自己说了算，予取予弃的生杀大权，自己手中把握。这种不受别人干涉，不看别人脸色，不以别人的意志为意志，不以别人的标准为标准，在阅读中所得到的自由，便是无与伦比的快乐了。

我的阅读主张，说来简单，与胃口决定多吃、少吃，或者不吃，是差不多的。那些有学问并对我有用处的书，我用吃橄榄的办法阅读，反复咀嚼，徐徐品味；那些有学问然而对我用处不大的书，我用吃甘蔗的办法阅读，啜其甜汁，吐其渣滓；那些没有什么学问也没有什么用处的书，我就用吃石榴的办法来阅读了。固然，石榴这东西，能食的部分极其少，不能食的部分尤其多，但此物之苦之涩之酸外的，偶然一得之甘旨，忽然意外的清香，也是难能可贵的。

有时，阅读一本闲书的愉悦，所带来的身心充实，胜过很多灌输的学问。所以，碰上这类闲书，我总是要拿起来翻一翻的。不惮吹灰之力，也许获益其中，哪怕分文不值，弃之也不嫌迟。当然，阅读，有快乐，也有不快乐。读得丧气，读得败兴，读得大倒胃口，读得恨不能找根绳子将自己勒死，那就是二十世纪八十年代中叶，当读小说成为我的一份职业时的体会。那时，我编《小说选刊》，我从来没认为那是一份美差。因此，阅读的愉悦，只是相对而言，但手不释卷，则是读书人一生的追求，这是不可动摇的。

鲁迅说过："一说起读书，就觉得是高尚的事情，其实这样的读书，和木匠磨斧头、裁缝的理针线并没有什么分别，并不见得高尚，有时还很苦痛，很可怜。"由此可见，求知和求生是同样的道理。因此，春华秋实，你付出得多，收获就会多，只要读书，就有收获。书籍，是人类智慧的结晶，多读一本书，多一分智慧的光亮。

于是，我就会想起一个忘了出处，但总是砥砺着我的读书故事。

那应该是一本革命回忆录，应该是一位革命前辈的亲身经历。二十世纪三十年代，国民党统治的白色恐怖时期，从事地下工作的他，被抓进苏州反省院里。在关他的单人牢房的墙夹缝里，挖出来一部未被狱卒发现的、已很零散的恩格斯的《反杜林论》。显然，这是前一位关在这间牢房里的难友有意留存下来的。他在那几年的关押期间，这部可以说是相当枯燥乏味的哲学书籍，是他唯一可读的书。后来，抗日战争爆发，党把他营救出来，嗣后，他竟然成为一位研究《反杜林论》的哲学专家。

我由此推想过，若是处在这样的状况之下，我将会携带一本什么书籍走进班房呢？这虽是荒谬的假设，然而，在这个世界上，不应该发生的事情会发生，应该发生的事情却偏偏不发生，如果，这个假设万一成真，给我只能拥有一本书的选择自由，根据我个人从1957年开始，直到1979年为止，长达二十二年的阅读经验，一种处于基本上相似的班房状态下的阅读经验，我会在下列两种书籍中择其一：

一、曹雪芹的《红楼梦》；

二、鲁迅的杂文集。

这是我读了一辈子的书。从十几岁时读起，一直读到今天，七十多岁了，仍时不时要翻开这两部书中的某一回、某一篇，像孔大子所说的“学而时习之，不亦说乎”那样，追求这个“悦”。

为什么我要挑选这两部书之一进班房呢？因为，有些艰深的书籍，是毫无疑义的好书，但啃起来十分吃力，在唯可面壁的孤独中，除那位革命家可以啃下《反杜林论》外，我想一般人都缺乏那种攻坚的毅力。有些精彩的书籍，既能引起阅读兴趣，也能产生阅读快感，然而，多读几遍以后，也就索然无味，俨然鸡肋。

唯有曹雪芹的《红楼梦》，唯有鲁迅的杂文集，是永远读不完也永远读不厌的书。它俩都是既能够得到求知的满足，也能够饱享消闲的愉快的书。最初读时，如山阴道上，应接不暇，流连忘返，美不胜收。后来读时，如登泰山而小天下，恢宏堂奥，气象万千，学无止境。老实说，曹雪芹笔下的世界离我们很远，然而，我们却有如同身在金陵那条街上的亲切感觉。鲁迅批判的锋芒与现实生活已风马牛不相及，但是，不知为什么，却总能在心灵深处得到呼应、共鸣，和那种对于民族的、对于国民性的切肤之痛。

因此，《红楼梦》和鲁迅的杂文给我所带来的阅读愉悦：一、不论从哪一页翻开来阅读，不论从头往后读，还是从后往前读，都能很快进入角色；二、不论读过多少遍以后，再捧起来读下去，都能找到与前不同的、每读每新的体会；三、不论时间和空间发生什么样的变革、变迁、变化，甚至变异，这两部书籍之所以不朽，就在于永远有话好说的强大生命力上。

在我阅读的全部历史中，差不多有二十二年，这两位大师的书籍，总是与我的行李、背囊、吃饭的搪瓷盆、粮票、菜金在一起。那些日子里，我发配到修建铁路新线的工程单位劳动改造，差不多走遍大半个中国。幸好，即使在最为严峻的“文革”岁月里，这两位大师也不在禁绝之列，于无奈的孤独中，只有阅读他们，是唯一的慰藉。

记得1957年的春天，我还是二十出头年纪，从东安市场的旧书摊上买到十卷本的红布面的《鲁迅全集》，买到十六册本的万有文库版的《石头记》。初初起步尝试写作的我，如醉如痴地沉浸其中，将其视作临摹的法帖，将其看成作文的范本，甚至极其手工业式地抄录两位大师的语汇、句式、起承转合的连结词等等，以求得其真谛。在那个没有电脑可以检索的年代里，这种极原始的一笔一画的劳动，倒也是强化阅读的一种虽笨拙却见效的方法。

在中国博大精深的文化体系中，优秀的文学作品与史传是可以画等号的。曹雪芹的书、鲁迅的书，其实就是形象化的一段历史记载，而优秀的历史著作，譬如我们称司马迁的《史记》为无韵之

《离骚》，也是对其极高的文学价值的肯定。也许正是出于这样的认知，从那以后，文史，尤其是史，便是我阅读的新领域。我记得，二十世纪七十年代末，二十四史陆续问世以后，八十年代后，中国出版事业的空前发展，各种史籍、类书、集成的大部头图书的推出，过去没有的，现在有了，过去看不到的，现在看到了，过去藏在深闺人不识的，现在广泛传播了。于是，活到老，学到老，便是浪费了青春、荒疏了学业的我们这一代，“亡羊补牢，犹未晚也”的要务了。

说到底，中国人的阅读是和汉语中特有的“学问”这个词语密切相关的。“学问”，典出《易·乾》：“君子学以聚之，问以辩之”，由“学”和“问”两个单独意义的汉字组成，是一个地道的古代汉语。外国人将这个古老的汉语语词，转换成他们的语言时，通常译为 knowledge，或者译为 learning，只能说是大致吻合，认真地说，并不十分贴切。因为，汉语“学问”，包含着“学而问之”和“问而学之”两层意思在内，与外国人所说的“knowledge（知识）”“learning（学习）”不尽相同。其中的“问”字，老外这种译法是体现不出来的。

何谓“问”？无非不知、不解、不懂、不会，为了求知、求解、求懂、求会，所以要“学”。因此，学问全从问来，无论是吃橄榄式的阅读，吃甘蔗式的阅读，还是吃石榴式的阅读，先问一声“为什么？”最为关键。

学问的问，是获得阅读愉悦的最为重要的一点。

文夫与茶

烟，酒，茶，人生三趣，陆文夫全有了。

那一年，到宜兴，适逢新茶上市，我们便到茶场去品茗。

时值暮春，茶事已进入盛期，车载着我们穿过散布在坡间谷地的茶园，江南三月，草长莺飞，早已是一片郁郁葱葱，不免有些季节不饶人的遗憾，想喝上好的新茶，应该说是来晚了一点儿。

虽然茶场例行的规矩，要沏出新茶招待，但此时节多用大路货来支应造访者。因为当地友人关照过的缘故，对我们破了例，那一盏凝碧，该是这个茶场里今春的上品了，饮来果然不错。

于是想起唐代卢仝的诗："天子须尝阳羡茶，百草不敢先开花。"看来，言之有理。古阳羡，即今宜兴。此地的茶，自古以来享有盛名。在座的其他同行，喝了，也就喝了，说猪八戒吃人参果，全不知滋味，未免糟蹋诸公。但值不值得花费如许价钱，来买这种据称是上品的茶，却不大有把握。值否？不值？几个人都把眼睛瞅着文夫，看他如何说，如何办。

因为，他家住苏州，近一点儿的，有太湖的碧螺春，远一点儿的，有西湖的龙井，应该说，不会舍近求远，但他呷了几口阳羡茶以后，当时就放下钱，要了三斤新茶。或者还可能多一些，事隔多年，我记不得了，要不然不会留下这个印象。反正，他买了很多，令人侧目。因为茶叶不耐储存，当年是宝，隔年为草。文夫认定可以，于是，别人也就或多或少地买了起来。

从那次阳羡沽茶，我晓得他与我同道，好茶。

然后，转而到一家紫砂厂买茶壶，这是到宜兴的人不可缺少的一项节目。但壶之高下，有天壤之别，好者，爱不释手，但价码烫手，孬者，粗俗不堪，白给也不想要。挑来挑去，各人也就选了一两件差强人意，在造型上说得过去的小手壶，留作纪念。文夫却拎了一具粗拙可爱、古朴敦实的大紫砂壶，我不禁笑了，这不就是儿时所见村旁地头边、豆棚瓜架下的农家用物吗？他很为自己的这种选择而怡然自得。

有人喝茶，十分注重茶外的情调，所谓功夫在诗外是也。我属于现实主义者，容易直奔主题，这也是至今难以奉陪新进的落伍原因。只是看重茶在口中的滋味，至于水，至于器皿，至于其他繁文缛节，雅则雅矣，但我本不雅，何必装雅，所以，就一概略去。因此，日本人来表演茶道，我敬佩，从不热衷。

看文夫这只茶壶，我也很欣欣然，至少在饮茶的方式上，我晓得他与我观念趋同。

那年在宜兴，我记得，他既抽烟，又吃酒，还饮茶，样样都来得的。近两年，他到北京，我发现他似乎不抽烟了，酒大概吃得很少了，只有饮茶如故。

我问他：如何？

他答曰：还行！

一个人，该有的，都曾经有过，当然，是幸福。或者，有过，后来又放弃了，那也没有什么；或者，压根儿就付之阙如，又怎么样呢，那也未必不是幸福。不仅仅是烟酒茶，一切一切的物质，和一切一切能起到物质作用的精神，都可以算在内。有或没有，得或不得，想开了，求一个自然，然后得大自在，最好。

无妨说，自然而然而自在，这就是我认识多年的陆文夫。

他原来，烟曾经抽得凶，甚至电脑照打，酒曾经吃得凶，而且醉态可掬。不过，现在，烟和酒，从他个人的生活场景中，渐渐淡出。守自己的方针，写自己的东西，一台电脑一杯茶；或索性什么也不写，品茶听门前流水，举盏看窗外浮云，诚如王蒙所言，写是一种快乐，不写也是一种快乐，自在而自由，何乐而不为？

到了我们这样年纪的一群人，只剩下茶，是最后一个知己。

好多人终于把烟戒了，把酒戒了，从来没听说谁戒茶的。看来，能够全程陪同到底的乐趣，数来数去，唯有茶。茶之能成最后的朋友，是由于它不近不远，不浓不淡，不即不离，不亲不疏。如果人之于人，也是这样的话，那友情，说不定倒更长久些。君子之交淡若水，所以说，茶者，君子也。

文夫，从我认识他那天起，就总保持着这种淡淡的君子风度。

试想一想茶，你对它无动于衷的时候，如此；你对它情有独钟的时候，仍如此。色，淡淡的，香，浅浅的，味，涩涩的，不特别亲热，也不格外疏远，感情从不会太过强烈，但余韵却可能延续很长很长。如果，懂得了茶的性格，也就了解了文夫一半。

我这样看的。

记得有一年到苏州，文夫照例陪我去看那些他认为值得我看的地方。

我这个人是属于那种点到为止的游客，没有什么太振作的趣味，实在使东道主很败兴的。但我却愿意在走累了的时候，找一个喝茶的地方，坐下来，这才是极惬意的赏心乐事。与其被导游领着，像一群傻羊似的鱼贯而入，像一群呆鸟似的立聆讲解，像一群托儿所娃娃仿佛得到大满足似的雀跃而去，这样游法，任凭是瑶林仙境，也索然无味。我记不得那是苏州的一处什么名胜，他见我懒得拾级而上，便倡议在山脚下找个地方喝茶。

找来找去，只有很普通的一个茶摊，坐在摇晃的板凳上，端着不甚干净的大碗，喝着混浊粗粝的茶汤，也算是小憩一番。但这绝不是一个喝茶的环境，一边是大排档的锅碗瓢盆，小商贩的放肆叫卖，一边是过往行人的拥挤堵塞，手扶拖拉机的招摇过市，往山上走的善男信女，无不香烛纸马，一脸虔诚，下山来的时髦青年，悉皆勾肩搭背，燕燕莺莺。说实在的，这一切均令我头大，但我很佩服文夫那份平常心，坦然、泰然、怡然地面对这一派市声与尘嚣。

在茶水升腾起来的氤氲里，我发现他似乎更关注天空里那白云苍狗的变幻，这种通脱于物外的悟解，更多可以在他的作品中看到，茶境中的无躁，是时下那班狷急文人的一颗按捺不住的心，所不能体味的。此刻，夕阳西下，晚风徐来，捧着手中的茶，茶虽粗，却有野香，水不佳，但系山泉。顿时间，我也把眼前的纷扰、混乱、喧嚣、嘈杂的一切置之脑后，在归林的鸦噪声中，竟生出“天凉好个秋”的快感。

茶这个东西，使人清心、沉静、安详、通悟。如果细细品味这八个字，似乎可以把握一点儿文夫的性格。

所以，我以为，饮茶时的文夫，更像江南秀士一些。

读书的姿势

二十世纪三十年代，林语堂先生办《论语》，提倡幽默，提倡性灵说，提倡袁中郎。他因之被称为“幽默大师”。有一位黄嘉音先生（后来在上海的孤岛时期，办过一份《西风》杂志者），曾在《论语》上发表过一组漫画，题为《介绍几个读论语的好姿势》，其中有一幅曰“游蛟伏地式”，画一人伏在地上看书。被鲁迅先生在《病后杂谈》一文里，谈到明末军阀孙可望的酷刑时，顺笔加以讽刺过的。

但读书，确实存在一个姿势问题。人之所以要读书，无非求知和消遣两道。当然求知时，无妨得到消遣的乐趣。譬如房龙（Hendrik Willem Van Loon）的书，既很有知识性，也很有趣味性。同样，纯消遣式读书时，也可以得到不少教益。譬如金庸的武侠小说，有些史实考据之类，虽属稗官野史，不足征信，也总是会扩大一些知识面的。所以，这两者实际上，是没有什么严格分界线的。

求知的读书，总是以正襟危坐、目不斜视为标准姿势了。小学生在教室里就是要挺直脊柱、两手后背的。据说，这有益于健康发育。但在图书馆的阅览室里，或前倾，或后仰，或伏桌，或抱头，往往不怎么讲究姿势了。至于学习文件、研读社论，或红笔重杠，或左右交流，或闭目凝思，或略开小差，左手茶，右手烟，姿势就很难一致了。

至于消遣性的读书，除去坐式以外，更有半躺式、全躺式、侧卧式几种闲适自在的姿势。当然也包括“游蛟伏地式”的俯卧，用手支着头颅的读书法。那种手执一书，在沙发里，往后一靠，半躺式的读书看报姿势，则最具群众性了。但若是看古代的“耕读图”或“红袖添香夜读书”之类的绘画，可能由于我国古代无沙发这样的坐具，要想慵懒的话，只好凭几、凭栏或者侧卧，靠胳膊肘支撑着身体来读书了。这都不能坚持太长时间，那是很累人的。幸好古人用文言文，凝字炼句，不敢长篇累牍，可能有这些实际考虑在内的。

最彻底的姿势莫过于躺着读一本手不释卷的书，这恐怕是人生一大乐事了。我们参观毛主席的书房和卧室，看到他床上放置着许多书，可见这位伟人，有时读书也要采取躺姿的。我们也知道，有些人，入睡前，若不翻看几页书的话，是无法入眠的。但是躺下来读书，就像鲁迅先生所说：“像这样的时候，我赞成中国纸的线装书了。……洋装书便于插架，便于保存……但看洋装书要年富力强，正襟危坐，有严肃的态度。假使你躺着看，那就好像两只手捧着一块大砖头，不多工夫，就两臂酸麻，只好叹一口气，将它放下。”（卧读绝对危害视力健康。）

我很惊讶西方人的一切设施、器具、产品、物件，无不从方便使用者角度出发，独独他们的印刷物，不为读者不打算坐着看书时着想，一律“硬领而皮靴”，而且每本书必厚到城砖程度，重达数百克、上千克方过瘾。我在伦敦看到一部最早的莎士比亚全集，那是他死后，由他的几位演员同事，找了一位大亨，筹资出的戏剧集，收罗了他的全部作品。八开本，厚约十厘米，其重无比，休想捧在手上阅读。于是，专门做了一张桌子摆这部书，你要看，你就站在那儿翻吧！由此看，大概还有一种站着的读书姿势。我们过去看铺天盖地的大字报，现在看贴在电线杆上的马路广告，就属于这种站着看的读书姿势了。

所以，有着五千年文化的中国，那线装书，无论站着、坐着、躺着来读时的那种轻便性，就非西方印刷物的笨重榔槺，所能望其项背的了。除了《永乐大典》《四库全书》这些典籍外，通常的线装书，重不足斤，长不盈尺，可把可卷，袖珍便携，是极方便的。而且中国旧法造纸，化学物质用得较少，变脆发黄的速度，要比洋纸洋书来得缓慢些。二十世纪三十年代的上海，文化也发达过一阵，重印了不少古籍，很多就是珂罗版聚珍仿宋精印的线装书。“文革”时期若未被抄走化为纸浆，现在，甚至比五十年代的出版物，质地还要好些。

很可惜，近年来几乎不出线装书，这份国粹看来快有失传的危险了。

其实，那时上海商务印书馆的《万有文库》采用普通印刷法装订出版，但也充分考虑到读者的多种读书姿势，每一本都是很薄很薄的，一部《石头记》，分为十六册。如今，《红楼梦》有上中下三册者、上下两册者，每本都不轻。甚至还有精装一厚册者，就有好几斤重了。似乎中国出书的趋势，也是往“硬领而皮靴”的方向发展，读书人将以端坐读书为主，想躺着看，必须具有强劲的臂力腕力方可。

读书的姿势，除了上述这些常见者外，过去，还有一种比较个别情况下的特别姿势，那就是接皇上的圣旨了。圣旨虽然不是书，但也要读。这时候一般得焚香沐浴，恭敬如仪，然后做出“踧踖如也，与与如也”的样子，双膝落地，磕头跪拜，方能一字一字地看下去。不过，现在已经不可能有这种事情了。新人新书新思潮，层出不穷，即或某一界的某位权威，抱残守缺，还想发旧日的威风，来一条手谕，怕也未必有人会买账的。无论如何，时代在飞快地进步着，人们也不那么容易被吓住的了。

所以，不管什么读书姿势，唯有多读，才有清醒，唯有清醒，才理直气壮。道理很简单，大家都知道，“知识就是力量”嘛！

人之老

从最初呱呱坠地那一刻起，到最终化作一股清烟而去时止，每个人，都在时时刻刻地发生着变化。人的一生，存在着两种变化：一是从十岁的童年，到二十岁的青年，到三十而立的壮年，到四十而不惑、五十知天命的中年，所发生的那种加法式的变化；从六十多岁的初老期，到七十岁的中老期，到八十岁的晚老期，到九十岁至百岁成为人瑞的终老期，所发生的那种减法式的变化。

一加一减，这就是我们每个人的生命史。

“老”是一种必然。这种不经意间的变化，你，或者我，我，或者他，该来的总是要来的，因为上帝不会让你一辈子永葆青春。所以，进入老年以后，谁都会发生无法避免的悖谬啊，颠倒啊，乖错啊，忮忌啊，牢骚啊，愤懑啊，猜疑啊，暮气啊，简直不一而足，防不胜防，而且不知不觉，愈来愈甚。说白了，所谓“十反”，所谓“十拗”，也是与老俱来的必然。南宋陆放翁有诗，抒发自己的豪情壮志。“不是人间偏我老”“白发未除豪气在”“心如老骥常千里”“老夫壮气横九州”。他是位十二万分地不服老、不愿老的诗人，但是，活到八十多岁高龄时，最后也不得不写道：

镜里萧萧白发新，默思旧事似前身。齿残对客豁可耻，臂弱学书肥失真。渐觉文辞乖律吕，岂惟议论少精神。平生师友凋零尽，鼻垩挥斤未有人。(《叹老》)

清人梁章钜的《浪迹三谈》这部随笔集中，有一篇题为《十反》的短文，也谈到了人到老年以后的变化，读来饶有兴味。

世俗相传老年人有十反，谓：不记近事偏记得远事；不能近视而远视转清；哭无泪而笑反有泪；夜多不睡而日中每耽睡；不肯久坐而多好行；不爱食软而喜嚼硬；暖不出，寒即出；少饮酒，多饮茶；儿子不惜而惜孙子；大事不问而絮碎事。

盖宋人即有此语，朱新中《鄞州志》载郭功父“老人十拗”云云。余行年七十有四，以病齿不能嚼硬，且饮酒、饮茶不能偏废，只此二事稍异，余则大略相同。周必大《二老堂诗话》云：“予年七十二，目视昏花，耳中时闻风雨声，而实雨却不甚闻，因成一联云：‘夜雨稀闻闻耳雨，春花微见见空花。’”

则当去嚼硬、饮茶二事，而以此二事凑成十反也。

从两手空荡荡地来到世间，会哭会喊会努力抓住什么会张开嘴要吃东西，无一不是在做加法，从无到有，从少到多，由弱而强，由小而大。这以后，行云流水，意气风发，跌打滚爬，挥洒人生也好；有过快乐，有过痛苦，有过笑声，有过眼泪也好，总是不停地在加，一直加到无论精神，无论物质，都攀登到所能及至的高度。虽然，加法未必没有负面的因素，可不管怎么说，那是属于成长中的烦恼。

而过了生命的高峰期，不知不觉老之将至，便不停地开始做减法了，吃得不那么香甜了，玩得不那么爽心了，体力不那么健壮了，感情不那么张扬了。紧接着，爱好在淡薄，欲望在消失，趣味在减少，心境在枯竭。这种点点滴滴的减掉，舍不得又不甘心的“落花流水春去也”局面，你还活着，就无法排遣掉这些难堪，必然就要产生许多别扭。哪怕是最温柔的减法，也是令人不胜伤感的。曾经拥有的美好、圆满、幸福、甜蜜，曾经推拭不开的无奈、惆怅、羁情、悲思，终于渐行渐远，一一离你而去。最后，你总归还是被减到两手空空以后，离开这个世界。

想得开的老人，只是努力不去想而已，但不等于别扭就不存在了。而想不开的老人，这种垂老的别扭，这种渐渐不为人所理解的别扭，这种越想越烦越是得不到解脱的别扭，可不是夏季最后的玫瑰能带来浪漫和情调的，而实际上像硫酸，像砒霜，或腐蚀着躯体，或毒害着灵魂，是要让你活得不开心的。

想到这里，我也就明白，那些故去的，那些健在的，曾经驰骋当代文坛的老先生、老领导、老前辈，当然也包括我的那些老朋友、老弟兄之类，一张张苦瓜脸，所为何来了。活到老，也许不难，但活得明白，活得清醒而又理智，而不是越活越糊涂，越活越癫狂，那就不容易了。尤其时下那些尚能手之舞之、足之蹈之的名人、闻人、要人、贵人，那些基本上已接近木乃伊状态的大师、泰斗、权威、圣人，际此桑榆夕照、苦日无多之时，则更是不能宁耐、不肯安生地要出现一些老文人的心理症候：

一怕冷清；

二怕冷场；

三怕冷落；

四怕看冷脸；

五怕人们对他冷冷淡淡。

当然，毫无疑问，这些我们曾经仰起脸看的老人家，几乎无一例外地难能免俗起来：

一喜热闹；

二喜排场；

三喜露脸；

四喜被恭维；

五喜大家向他鞠躬致敬。

好在有的老年人，我相信这是多数，还能知道自己的斤两，懂得收敛和要求适度，让年轻人觉得那是一位可爱的老头儿或值得尊敬的老太太。但不论谁，只要上了年岁，很难彻底摆脱这种精神上的危机感。这种害怕冷漠、喜欢热闹的人性弱点，断非只是老年人所独有的特色。其中，还应该包括未老先衰的，目前四五十岁，年岁并不能称为老，但文学年龄已经终结的知青和知青后一代作家。

现在看起来，一个人，除了常说的生理年龄和心理年龄，对文人而言，还要加上一个文学年龄。文学年龄的长与短，决定着他文学创造能力的大与小。作为文人，活着，只是意味着他的生理年龄，或者心理年龄。而江郎才尽，写不出一个字来，说明他的文学年龄已经进入死亡期。有的作家，有的诗人，虽在陆续发表作品，但不具有勃勃的生命力，只是勉勉强强地挣扎，只是有气无力地表示他的存在，这说明他的文学年龄实际上进入了衰竭期。

文学不相信奇迹，在中国这块土地上尤其如此。生理年龄可以活到七老八十，心理年龄说不定还可以雄风不倒，老有少心，但能像壮年写出《战争与和平》《安娜·卡列尼娜》的托尔斯泰，晚年写出一部《哈泽·穆拉特》来；像壮年写出《巴黎圣母院》《悲惨世界》的雨果，晚年写出一部《九三年》来的具有强大生命力、享有较长文学年龄的作家，至少目前的中国文坛上，还找不到一个。

当代中国作家，文学年龄都相当短促，三年五年算长的了，维持上十年八年，还能写出有分量作品的作家，几乎绝无仅有。甚至，有的人，他的文学年龄开始之际，也就是他文学创造力的结束之时，这以后，除了粗制滥造，别无他能。因此，无妨从新时期文学以来这数十年间细细算来，可有一位贯彻始终、处于创作旺期的作家？

唯其如此，所以应该懂得适可而止。文学年龄已经苟延残喘时的写作行为，值得尊敬，不值得提倡，尤其不需要沸反盈天地炒作。正如人老了以后，跳跳国标舞还可以透出一丝老绅士的风度，非要跳迪斯科、跳街舞，还要RAP一番，那就让人为他那把老骨头捏把汗了。

一般来讲，文学年龄要大大短于一个人的心理年龄和生理年龄。某种意义上说，人的精神产品的创造力，大致上是和这个人的生育能力相匹配的。一个作家，写到老，写到死，是绝对可能的。但这个作家的最好作品，应该是在他生命最旺盛的时期写出来的，这几乎是文学史上的铁的规律。除了极罕见的天才外，谁也无法逃避年事愈高，体能愈弱，精气愈衰，创造力也随之递减的法则。

“庾信文章老更成”，那是用来哄一些文学老爷子、文学老太太开心的。环顾宇内，那些捧得诺贝尔文学奖的作家，几乎没有一位还能写出超过自己成名作的作品。我想，不是丰厚的奖金害的，也不是暴得的虚名害的，而是他的文学年龄基本上画了句号而使之然耳。

然而，从老到死，是一个有的人长些、有的人短些的过程，总体来讲，人类的寿数在逐渐延长，当代中国人的生命，能够较有质量地活到七八十岁，已不是古人所说“人生七十古来稀”那样难得了。这当然是好事，但老年人越来越多，老年人的别扭弄得后生们很不好侍候，恐怕也将成为普遍的社会现象。

每当看到文坛上的盛会，某位文学老人被尊坐着，被抬爱着，被吹捧着，被赞颂着，什么著作等身、功勋卓著啦！什么名篇佳构、青史不朽啦！那一番表面文章，好比腊月二十三，送灶王爷上天，不过应景而已。这总使我想起早年看过的一部日本电影，硬把上了年纪的老母亲背负到深山里去的《楢山节考》，老而成为负担，成为灾难，实在是于人于己皆痛苦的事情了。中国旧时有一本极薄的私塾启蒙读物，叫作《千字文》，其中有一句“寒来暑往，秋收冬藏”，这个“藏”字，对老年人来讲，还是很有启示意义的。

总而言之，老是一门值得研究的学问，前人梁章钜能将这些老年人势所难免的、习以为常的、遂不以为是新鲜的生活现象凑在一起，汇总起来，便有点儿意思了。也许这些人生的观察，早晨八九点钟太阳的年轻人是不会当回事的。但对照自己，反顾他人，莞尔之余，细细琢磨，老吾老以及人之老，也不禁惕然有同感矣。

梁章钜（1775—1849），字闳中，晚年自号退庵，祖籍福建长乐，长于福州。嘉庆壬戌（1802）进士，历任军机章京、礼部员外郎，后放外任，长期在外省担当要职。他与林则徐既是同乡，又是挚友。鸦片战争时他任江苏巡抚，亲自带兵赴上海，协同守将陈化成抗敌御侮。看来，他既是能干的疆臣大吏，也是忠忱的爱国志士。

清代正途出身的大员，与那些不学无术的买官捐班滥竽充数者不同，与那些提笼遛鸟的八旗子弟托庇祖荫者也不同，都有较高的学术素养、较深的文化造诣。就文人而言，如果先天不足、后天失调，那他的文学年龄，更是屈指可数了。

这篇《十反》，当系梁章钜晚年之笔。一个文人，到了垂暮之年，不讳言其老，记下了这个老，承认了这个老，也就很值得尊敬了。

新陈代谢，为万物生长的自然法则，所以，人生的加减法，文学的兴衰史，谁也无法回避，谁也不能例外。老是一种正常现象，一个人，总不老，或者总不想老，或者总不承认自己老，又或总是在那里装嫩，装少壮，装朝气蓬勃，殊不知在文学年龄上，早就呈植物人状态了。如拉架的老黄瓜种，抹上再厚的绿漆，都是无法与顶花带刺、刚从大棚里摘下的鲜嫩黄瓜相比的。

老，就得承认老，就得服气老，人们尊敬你的年齿，尊敬你的资历，尊敬你过去的成就，尊敬你的好脾气、好性格、好人缘、好风度，不等于尊敬你现在的文学状态。无论如何，那些过时的、过气的、倒嗓的、老掉牙的、属于你那个时代的文学观念，也许曾经光明过，光亮过，甚至光鲜过，但那毕竟已成历史，不再属于今天。

写《格列佛游记》的英国文豪乔纳森·斯威夫特先生曾经说过：“当我老时，愿望如下……”

> 不混在年轻人队伍里头，除非他们专诚邀约。
>
> 不随便施教，也不随便麻烦别人，除非对方切求自己。
>
> 不夸耀年轻时的英姿、力量或如何受女性欢迎等等。
>
> 不听谄言，也不要设想自己会蒙年轻女子的青睐。

不乖戾、郁闷或猜疑。

不鄙薄当代的作风、情趣、时尚、人物、斗争等。

不严厉对付年轻人，但接受他们青春的愚昧和缺点。

不多言，也不多讲自己。

不肯定事情，也不固执。

……

乔纳森·斯威夫特（1667—1745），也是一位活了78岁的英国老作家。读了他这一系列的“不”，想想我们自己，难道不应该对他的这份睿智，这份明达，这份警醒，这份淡荡表示敬意吗?

也许，真是可以引以为座右铭的。

人生一搏

人，活在这个世界上，既有趣也艰难。

有趣，是对于生活的追求和获得。当你在襁褓中的时候，你渴望能爬、能站起来；当你颤颤巍巍立定在这个世界上的时候，你又想能迈步、能走路；然后你又希望能跳、能跑。人的一生，就是在一个欲望接着一个欲望，一个目标接着一个目标的驱动下，有意识也好，无意识也好，孜孜不息、奔跑不已的过程。

有趣，是获得，而艰难，是付出。

无论那欲望或是目标定义为高尚的、邪恶的、伟大的、渺小的哪怕或者仅仅是为了最狭义的生存而苦苦挣扎；也无论其目的，在于追求，在于获得，或者根本无所谓追求和获得，只是浑浑噩噩。总之，每个人都活得蛮有滋有味的，而且觉得往前走去，下一步要比这一步大概更有奔头。所以，真正活腻了，活够了，再也不想活的人还是极少的，否则，自杀该不是个别现象了。

我们谁也不能完全把握未来，很难保证绝对的成败输赢。因为明天有许多不可知的变化，即使胜利在望，可以全军覆没；眼看走投无路，也许绝处逢生。放眼未来，可能和不可能，永远各占百分之五十。人的可贵，就在于这一半的机会，也仍旧寄予希望，兴致勃勃地往前行进。

其实，有时明知失败也不会止步的。那些前赴后继、杀身成仁的志士，难道不了解自己只不过是漫长的通往成功道路上的一块垫脚石吗？可是，肯把脑袋放置在断头台上，义无反顾，显然，是为了他根本看不到的明天在拿自己下注。

因此，从某种意义上讲，人生本是一搏的这个“搏”字，也无妨说成一博输赢的“博”，“搏”既有胜负之分、成败之别，那么也就等于在“博”。人类下赌注时，获胜率甚至只有百分之一的可能，也要付出百分之百的努力去“搏”和“博”的。否则怎么叫作“孤注一掷”呢？这也就是人类优于地球上的其他生物的地方，大概在于具有这种豁出去一“博”的精神。

人能翱翔蓝天，登上月球，走出太空，并不是在完全的把握下获得成功的，而是在没有什么希望的情况下，披荆斩棘，前赴后继，跌打滚爬，头破血流，经历无数失败，才达到目的的。如无一博之心，唯知因循守旧，苟安自得，庸庸碌碌，不肯冒某种程度的险去赌去博的话，人类至今也就只能够跑跑跳跳罢了。

这当然是很艰难很漫长的过程，每走一步，都要在地球上留下血和汗的印迹。而且，每一个成功的背后，都有无数曾经“搏”过、“博”过而失败的前人为你铺路。因此，十赌九输，这个概率，大抵是准确的。如果因为怕输而裹足不前，犹豫等待，打个呵欠，懒洋洋的，对什么都不感兴趣的话，那么，你不但成功无望，也不能为后人的成功积累可资汲取教训的宝贵经验。

失败也是贡献，因为你失败了，别人再不会因此失败，通往成功的路上就少了一份障碍。若是没有哥白尼的先驱，也不会有布鲁诺的“日心说”，若不是作为异端的他，为这个学说于宗教审判中被烧死的话，人类大概还在《圣经》的《创世记》里寻求答案呢。

正是这种“博”，才能迸发出智慧的火花，才能产生出思想的飞跃，才能使精神的东西变为物质的东西。即使是失败的教训，也是弥足珍贵的。“不吃一堑，不长一智”的古训，是很有道理的。但中国人吃了这么多年的大锅饭，缺乏竞争机制，遂养成了程度不同的“饭来张口，衣来伸手”的等待，依赖习惯，“搏”和“博”的精神，主要运用在人与人的“斗争”上，白白消耗掉了大好时光。而对于社会财富的积累增加、人类自身的长足进步，在世界范围里比较起来，还是相当落后的。作为地球公民，不免愧之有余了。

所以，在新的世纪揭开新的一页之际，有着五千年光辉历史的中国人，还不应该抓住机会，好好地“搏”一“搏”或者“博”一“博”吗？

大浪淘沙

《三国演义》开篇，有一首《临江仙》：

> 滚滚长江东逝水，浪花淘尽英雄。是非成败转头空，青山依旧在，几度夕阳红。　白发渔樵江渚上，惯看秋月春风。一壶浊酒喜相逢。古今多少事，都付笑谈中。

这是一首脍炙人口的卷首词，为明代嘉靖朝翰林学士杨慎所作，但一直被认为是小说作者罗贯中所写。最早的《三国志通俗演义》(嘉靖本)是没有这卷首词的。直到毛宗岗父子校订评点这部小说时，才加了这首词，《三国演义》大普及，产生大影响以后，遂误讹为真。

杨慎（1488—1559），字用修，号升庵，是诗、词、曲无一不精的明代文人。他在写这首气势雄浑、潇洒从容的词时，肯定受到过两位前辈的影响。

一位是苏轼的《念奴娇·赤壁怀古》：

大江东去，浪淘尽，千古风流人物。故垒西边，人道是，三国周郎赤壁。乱石穿空，惊涛拍岸，卷起千堆雪。江山如画，一时多少豪杰。　　遥想公瑾当年，小乔初嫁了，雄姿英发。羽扇纶巾，谈笑间，樯橹灰飞烟灭。故国神游，多情应笑我，早生华发。人生如梦，一尊还酹江月。

一位是辛弃疾的《念奴娇·登建康赏心亭呈史致道留守》：

我来吊古，上危楼，赢得闲愁千斛。虎踞龙蟠何处是？只有兴亡满目。柳外斜阳，水边归鸟，陇上吹乔木。片帆西去，一声谁喷霜竹？　　却忆安石风流，东山岁晚，泪落哀筝曲。儿辈功名都付与，长日惟消棋局。宝镜难寻，碧云将暮，谁劝杯中绿？江头风怒，朝来波浪翻屋。

这两首千古绝唱，最能点透大浪淘沙这谁也别扭不过的历史规律。所以，杨慎在收尾处，将数千年来发生在这块土地上的盛衰兴灭，风云变幻，沧桑代谢，人间万象的中华民族历史全过程，统揽笔下，用“笑谈”二字一语道破，不能不说是一篇发人深思、启人悟解之作。

“怀古”也好，“吊古”也好，“古今多少事，都付笑谈中”也好，都是对于江河万里流日夜、大浪淘沙无尽时的历史回顾。我记得，新中国成立前夕，我还是个青年学生，在六朝故都南京读书时，曾经以一种怀旧之心，去探寻过刘禹锡诗中“朱雀桥畔野草花，乌衣巷口夕阳斜”的王谢人家而不得，既不见衮冕巍峨、圭璋特达的望族辉煌，也不见钟鸣鼎食、文采锦绣的豪门鼎盛，触目所及，断巷残壁，旧墟破房，步履所至，瓦灶冷炙，穷苦人家。于是，一个人在江边蹀躞时，望着滔滔江水，无法不生出江山依旧，世事变迁，正是杨慎这首《临江仙》中的许多感慨。

那时，我还年轻，还不大懂得人间的万事万物势必要经历的新陈代谢规律。大浪淘沙，既无情又现实，后浪永远不断地追赶着前浪，那一股不可阻拦的大趋势，谁也不能改变，滚滚长江如此，历史洪流也如此。

年轻，难免幼稚，幼稚，自然天真，于是很容易被那城墙上斑驳的苔藓，书场中呜咽的琴声，已是旧梦的秦淮画舫，既非北音更非吴语的蓝青官话的慢条斯理……种种残留着似乎还透出丝丝缕缕的古色古香所陶醉，所触动。尤其当春意阑珊、微风细雨、时近黄昏、翩翩燕飞之际，那一刻的满目苍凉，萧条市面，沧桑尘世，思古幽情，最是令人惆怅伤感的。

想不到半个世纪以后，那旧日追寻的情调，已被太多残酷的现实冲击得荡然无存。再一次故地重游，那河之洲、江之滨，便只剩下如杨升庵《临江仙》中“青山依旧在，几度夕阳红”的感慨，以及更多的震撼于这大浪淘沙的严峻。

属于你的时间已是屈指可数，除了最好年华付诸东流之憾，时光蹉跎一事无成之悔，也许只有辛稼轩那“宝镜难寻，碧云将暮”、苏东坡“早生华发，人生如梦”之叹了。

但是，这是谁也不能逾越的大浪淘沙的规律，历史，永远是这样一浪一浪地奔流不息。过去的，也就过去了。然而，在南墙根晒太阳，看日影移动，在树荫下挥蒲扇，听蝉鸣聒耳，即使在这方寸地，渔歌唱晚，倦鸦归林，霞绮渐淡，夕阳犹红，我发现，也还是足可怡情悦性、颐养天年的。

应该明白，生活的乐趣，人生的追寻，思想的锋芒，对于世界的视角，对于历史的评价，不同年龄段的人会有不一致的观点，更有不一致的做法。到了这把无欲无求的年纪，到了回忆超过想象的年纪，到了坐在看台上看球场中队员角逐的年纪，到了成为闲云野鹤自己支配自己的年纪，大可坐下来，从历史洪流大浪淘沙的过程中觅得一知半解，点滴心得，便算不虚度一生了。

走了一辈子路，吃了一辈子饭，生了许多闲气，遭了许多劫难，交过不少朋友，当然，也认识不少坏蛋，你把别人整得够呛，别人也把你修理得够惨……中国知识分子活到这种程度，活出这个水平者，实在太多太多。无论怎么不济，仨瓜俩枣，芝麻绿豆，总是能够总结出一二，体会出二三来的。哪怕是假语村言，贻笑大方，痴人说梦，笑掉大牙，又有何妨呢，横竖不就是“笑谈”吗?

“笑谈”，便成了我在这方寸地中消磨长日的唯一营生。既然是“笑谈”，难免被人撇嘴，难免惹人不快，固然，因此而骂我者颇众，但到了这把年纪，一切都不那么在意了。

于是，一杯浊酒，一盘残棋，一杯酽茶，一段陋文，也就无所谓他人的口角了。

苏东坡饮酒

其实，苏东坡并不善饮酒。

他在《题子明诗后》说：“吾少年望见酒盏而醉，今亦能三蕉叶矣！”蕉叶，是一种浅底酒杯，容量不大。何况，宋代的酒酒精度是很不高的，武松过景阳冈，喝了十八大碗酒，居然还有力气打虎，足见苏东坡这三小杯酒，量是很有限的了。但他爱酒，而且越老越酷嗜此物，“饮中真味老更浓”，这就是他的爱酒铭。后来，他流放岭南惠州，甚至自己酿酒呢！

人之喝酒，有数种状况：一是嗜好，对杯中物情有独钟，自斟自饮，自得其趣；一是应人之邀，坐在席旁，杯在手中，盛情难却，不得不饮；另一种则是意在酒外，以酒浇心中之块垒耳。凡天下饮酒人，无非喜爱、应酬、解愁三道，才端起酒杯来的。但东坡先生饮酒，却与众不同。他说过：“予饮酒终日，不过五合，天下之不能饮，无在予下者。然喜人饮酒，见客举杯徐引，则予胸中为之浩浩焉，落落焉，酣适之味，乃过于客。”（《书东皋子传后》）他还说：“吾饮酒至少，常以把杯为乐。往往颓然坐睡，人见其醉，而吾中了然，盖莫能名其为醉为醒也。在扬州时，饮酒过午辄罢，客去解衣盘礴终日，欢不足而适有余。”（《和饮酒二十首序》）

他所追求的杯酌之娱，不是自己的陶陶然、飘飘然，而是愿意看到别人在饮他的酒时的那份快乐。这种自己喝得并不多，但愿朋友喝得多的饮酒之道，实在是很特别的。朋友喝得舒服、畅快、尽兴、欢乐，他也得到了淋漓酣畅的由衷喜悦。甚至比来喝他酒的朋友还觉得开心些。所以，“闲居未尝一日无客，客至未尝不置酒，天下之好饮，亦无在予上者。”饮酒达到如此境界者，古往今来，大概是不太多的。

“若仆者，又何其不能饮，饮一盏而醉，醉中味与数君无异，亦所羡尔。”求其醉味，而不在盏数，这里我们不仅看到诗人饮酒的潇洒，也看到东坡先生信奉的人生哲学。“我有一瓢酒，独饮良不仁”，他一生追寻的真正快乐，是一种精神世界的完善，这和酒囊饭袋沉湎于物欲的满足之中是不可同日而语的。

在这个世界上，并不是所有的人都能像东坡先生这样，愿意与别人同享快乐的。而且，从给予别人物质的快乐中去追求自己精神上快乐的人，那就更少了。世俗的功利之心，严酷的竞争行为，小市民的现实主义，以及快乐的不可多得，势必造成这样的紧张状态：如果有一杯酒，宁可独饮自斟；如果有一口饭，不希望出现第二张嘴；如果是快乐，最好不要有人分享。

假如，酒只有一壶，饼只有一块，快乐也只有那么一点点，独自慢慢地受用，也并无可以指摘之处。可有些人常常不满足于个人有酒可饮、有饼可餐、有快乐可享的局面，总想得到本不属于自己的那一份。那阴暗的灵魂、占有的心理、攫取的欲望与苏东坡的人生哲学恰恰相反。他们以夺取别人物质的快乐来获得自己精神上的快乐，这便是可耻的了。总之，在说起来颇不雅的动物本能的驱使下，不仅夺了他人的酒，抢了他人的饼，还把快乐建筑在他人痛苦的基础上。于是，人世间的厮杀争斗、卑污龌龊，就由此而生了。在他们眼中，人和人之间，只剩下赤裸裸的商业交换关系，除了利害得失外，别无其他。活在这种血腥味很浓的人群中，人生的全部目的就是咬人与被咬，只要有一副食肉类动物的坚牙利齿就行了，这样的人，真是“异于禽兽者几希”了。

其实，苏东坡的一生称得上是跌宕沉浮，命途多舛，是血雨腥风的一生，是不断地被剥夺杯中酒、手中饼和并不多的快乐的一生。颠沛流离，天南海北，旅途驿站，奔波不歇，但他无论在怎样的处境中，都能营造出他的快乐氛围。诗文之娱，酒食之味，声色之美，山水之趣，比之他的政敌和文敌，那位拗相公王安石，过得要充实丰富、生动有趣多了。应该说，他享受了诗情画意的一生，心灵自由的一生，也是在炼狱中获得了大自在的一生。这在很大程度上得益于他的这种自己快乐，更愿从别人的快乐中追求精神上大快乐的人生哲学。

现在，撇开宋神宗时代政治上的变法运动，姑且不论其是非曲直，公道人心，仅就这两位文学大家的争端而言，弄不清王安石是否受冷落二十多年以后，心理有一点儿变态？是否由于比他年少的苏轼那如日中天的名声，使他按捺不住难以名状的嫉妒？一般来讲，人是有着复杂心理的动物，文人也难能例外。韶华已逝，便仇恨一切来日方长的人；风光不再，便嫉妒所有姹紫嫣红的美丽；寂寞冷落，自然怨绝窗外传来的繁华热闹的声音；江郎才尽，便对文场的新鲜举止视若仇敌，非咬牙切齿不可了。也许从这里能理解王安石上台以后，对于司马光、苏轼，那种手下绝不留情的打击了。

文人的嫉妒情结，是挺可怕的。所以，历朝历代的文人动手整起同类来，是不怎么斯文的。而且，要抓辫子、戴帽子、打棍子的话，更是行家里手。尤其从文字中寻找破绽，上纲上线，鸡蛋里都能挑出骨头来。何况苏轼写了那么多的诗文，还能找不出一个错。所谓文祸，其实在中国历史上是小菜一碟，不算什么稀奇的。没错尚且难逃文网，更何况东坡先生的正直，不合时宜，对于这位前辈而握重权的同行，在政治上、文学上的不买账呢！于是，王安石的爪牙，那些御史们，那些妒火中烧的小文人，就抓住了他的诗，参了好几本，押赴京师，坐了大牢。

他被关押，被流放，被远谪，倒并非他的酒害的。不过他写过“醉里狂言醒可怕”，他的酒给他带来了“把酒问青天，不知天上宫阙，今夕是何年”“酒困路长惟欲睡，日高人渴漫思茶”“惟有当时月，依然照杯酒”的灵感，甚至连书法也因酒而出神入化。“仆醉后辄作草书十数行，觉酒气拂拂从十指间出也”。但他由酒而诗、由诗而祸的人生际遇，漂泊半生，至死也并不悔酒悔诗，依然我行我素。甚至他的朋友、他的弟弟都郑重劝他戒诗。当然，嗜诗和嗜酒是一样的，只要成了瘾，就不大容易戒掉，不过，更重要的，是他信奉自己快乐也与人快乐的人生哲学，怎么能教他罢笔断诗呢？该怎么着，还怎么着，岂肯随便改弦易辙呢？

一个坚信自己的人，也是不肯臣服的人，尽管他因写诗写进了狱中，可在班房里仍旧继续写他的诗。被关狱中一百三十日，后来释放了，出狱当天，忍不住还是要饮酒，要写诗。“百日归期恰及春，余年乐事最关身。出门便旋风吹面，走马联翩鹊啅人。却对酒杯浑是梦，试拈诗笔已如神。此灾何必深追咎，窃禄从来岂有因。”虽有一肚子不满，而不计较，虽受到不公平待遇，而不深究，这一百天的牢狱之灾过后，春风拂面，鹊报平安，酒杯琥珀，诗笔纵横，我还不依然故我？这首诗要是让王安石和他的党羽看到了，恐怕眼珠子都得气绿。

一个人能够为自己的追求和理想活着，不改初衷，哪怕在最糟糕的情况下，“数亩荒园留我住，半瓶浊酒待君温”，也坚持与人快乐、自己快乐的作风不变，“天公用意真难会，又作春风烂漫晴”，只要素心不变，本真不灭，快乐总是属于我们的。

他在《纵笔三首》里写过，这大概是他晚年的笔墨了：“寂寂东坡一病翁，白须萧散满霜风。小儿误喜朱颜在，一笑那知是酒红。”可见一直到他衰迈之年，对于酒和诗的钟情，仍不减当初的。由此可知，他信奉着他的人生哲学，一直享用到最后，结束了他光辉的一生。所以，从东坡先生的饮酒之道足以佐证，获得固然是一种快乐，给予也未尝不是一种快乐。要是大家多一些东坡先生所追求的快乐，那么这个世界上，岂不是更温馨、更美满？

辑三 自然说

惜春小札

春天是不知不觉来的，她走的时候，也是悄莫声儿地，在不知不觉中离去。既不像秋天落下那么多的黄叶，“无边落木萧萧下”，造下满天声势；也不像冬天，一阵烂雪，一阵冻雨，“乍暖还寒时刻，最难将息”，让你久久不能忘怀那份瑟缩，那份冷酷。

春天，平平常常地来，自然而然地去，没有喧哗，没有锣鼓，甚至最早在枝头绽开的桃花、杏花，还有更早一点儿的梅花、迎春，也只是在不经意间给人们带来惊喜。

哦！春天最早的花！

人们的眼睛闪着亮光，然而，“枝头春意少”，这时连一片叶也没有，空气还十分冷冽。直到“小径红稀，芳郊绿遍”，已是“风送落红搀马过，春风更比路人忙”的暮春天气了。

所以，等你意识到春天的时候，她早就来临了，“中庭月色正清明，无数杨花过无影”；等你发现她离去，已经是“春归何处，寂寞无行路”，杏子树头，绿柳成荫了。

春天总是很短促的，你抓住了，便是属于你的春天；你把握不住，从指缝间漏掉了，那也只好叹一声“春去也”“遗踪何在”了。

典型的春天，应该在长江以南度过。没有阴霾的天气，泥泞的道路，苍绿的苔痕，淅沥的雨声，能叫春天吗？没有随后的云淡风轻，煦阳照人，莺歌燕舞，花团锦簇，能叫春天吗？只有在雨丝风片、春色迷人的江南，在秧田返青、菜花黄遍的水乡，在牧童短笛、渔歌唱晚的情景之中，那才是杜牧脍炙人口的《清明》诗中的缠绵的春天，撩人的春天，困慵的春天，和“一年之计在于春”的春天。

然而，在北方，严格意义的一年四季，春天是最不明显的，或许也可以说是并不存在的。

“五九六九，沿河看柳”，这是地气已经转暖的南方写照。

而在北方，“七九河开，八九雁来”，河里的冰才刚刚解冻。有几年，我时常要经过什刹海后海之间那座小得不能再小的银锭桥。石桥桥洞的背阴处，冬天的积冰很厚很厚，冰上残留着肮脏不堪的冬雪。等到它完全融化的日子，春天也差不多过去大半了。

春天里有未褪尽的冬天，这不是什么稀奇的事。

人们管这种天气现象叫作“倒春寒”。于是，本来不典型、不明显的春天，又被冷风苦雨的肃杀景象笼罩。后来，我就不再到银锭桥去了，当然，并不是因为桥底下那些不化的冰，而是我工作的那家刊物，无疾而终。

冰总是要化的，不过，北方的春天太短促，这也真是没有办法的事。

北京的颐和园里有一座知春亭，匾额是乾隆所题。这位皇帝挺爱写诗，写了上万首，挺爱题词，到处可见他的字。但知春亭的“知春”二字是否如此呢？好像也未必。通常，都是到了“桃花吹尽，佳人何在，门掩残红”的那一会儿，才在昆明湖的绿水上，垂下几许可怜巴巴的柳枝，令北京人兴奋雀跃不已，人呼春天来了，其实，“归来笑拈梅花嗅，春在枝头已十分”。

承德的避暑山庄里有一幢烟雨楼，不过名为烟雨楼，但至少在春天里是没有烟雨的。那金碧辉煌的匾额上，我记不得那是不是乾隆的御笔了。但“烟雨”二字，也只是一厢情愿罢了。在高寒地带，只有塞外的干燥风和蒙古吹过来的沙尘暴，绝不会有那“雨横风狂三月暮，门掩黄昏，无计留春住”的烟雨葱茏的风景。

看来，北方的春天就像朱自清那篇《踪迹》里写的那样，她“匆匆地来了，又匆匆地走了”。

所以，辛弃疾对春天说：“春且住，见说道，天涯芳草无归路”，想方设法要留住春天，千万不要让她平白地度过，否则，苏东坡的遗憾，“春色三分，二分尘土，一分流水”，从身旁消逝，该是多么懊悔的事啊！

因此——

捉住春天。

把握春天。

然后，充分地享受春天。

虽然李商隐告诫过，“春心莫共花争发，一寸相思一寸灰”。但春天是唤醒心灵的季节，是情感萌发的季节，也是思绪涌动的季节，更是人的生命力勃兴旺盛的季节。

切莫虚掷时光，切莫浪费春天。

人的生物钟如果能够耳闻的话，可以相信，在这个季节里，响动的准是黄钟大吕之音、振聋发聩之声。甚至血管里跳动着的激流，也会蕴含着前所未有的力量。此时此刻，若去爱，一定是炽热生死的爱，若是去恨，一定是切齿刻骨的恨，若是去追求，若是去冒险，若是去干一番事业，若是豁出命去拼搏，你会从你的身体里获得超负荷的“爆破力”。

这种“神来之力”，这种“能量”，就是人类的春天效应。

人的一生，何尝不是如此呢？也有其春华秋实的生命过程。那么青春年少的日子，也就是最美好的春天了。

然而，一生中的这个春天，似乎比北方真正的春天还要短促得多。

人，有各式各样的活法，这是每个人的选择。平庸灰色，是一生；碌碌无为，是一生；爱不敢爱，恨不敢恨，也是一生；永远羡慕别人有，永远笑话别人无，永远满足现状，又永远做更好日子的梦，可又永远想不劳而获的小市民吃不饱也饿不死的日子，当然也是一生。自然，奋斗，是一生；努力，是一生；为了一个目标，孜孜不息地追寻，是一生；热爱生活，热爱自己，泪流过，汗淌过，摔倒过，白忙活过，总之，活得既有快乐，也有痛苦，既有满足，也有遗憾，那当然也是一生。无论怎样的一生，你千万要珍惜你生命中属于春天的那一瞬即逝的岁月。

因为，青春只有一次，一去便不复返。

青春不会久驻，使你的青春放出光华，享受青春的美，那才是生命最大的欢乐。

布谷声声

在城市里，春天的来临，通常是由气象台的预报员告诉我们的。而在农村，春天是随着布谷鸟的叫声而来，不打招呼，不请自到，甚至年意未尽，借着那黄得醒眼的迎春花，宣布它的光临。因此，在我家乡长江流域一带，只要听到布谷声，便正式进入播种插秧的大忙季节。

江南三月，斜风细雨，草长莺飞，鸟语花香，盎然春意已经到了满园春色关不住的程度。而华北平原，也才不过柳枝初软，麦地露绿，乍暖还寒，冷风料峭，刚刚走出隆冬而已。因此，带来早春信息的布谷鸟，也远不如在南方那样高声朗气地叫，精神抖擞地叫。但这最初的叫声，意味着大地苏醒，意味着春事临近，北方人家该把挂在仓房里的犁耙锄耧摘下墙来，该把牲口棚里堆积的厩肥运往地里。尽管地头上的残雪仍星星点点在背阴的垄沟里存留，河沟里的残冰还没有完全融化在粼粼的碧水中，但庄稼人被这一声声布谷提醒，便再也坐不住了。

是布谷鸟把春天带到苏醒的大地上来。

在这个忙碌的季节里，人们听惯了那悠扬而又从容、清脆而又嘹亮的鸣声。多少年来，还可以说是多少辈来，播种的快乐、丰收的期待，都和这个鸟儿的名字联系着。就农民而言，再没有比听到它的鸣声更为熟悉、更感亲切的了。

许多鸟类，以声命名，而布谷鸟那既不聒噪，也不媚俗，庄重尊严，高廓致远，那“嘤其鸣矣，求其友声”的鸣声，算是最为贴切、最具诗意的名字了。数十年来，我长时期在穷乡僻壤，荒山野林劳动改造。每年的这个季节里，总是能听到它的鸣声，然而，始终不曾见到过它的真容。据说，这是一种学名叫人杜鹃的鸟，性情极为孤僻，通常离群索居，甚至求偶期间，雌雄也不共同生活。因此，城市中人，很难聆听到这种大自然里的真正天籁，必须要到远离尘嚣的田野里，要到人迹罕至的山林里，才能享受到如舒伯特那支歌曲《听听云雀》般的乐趣。

如果你走运，听到的不是一只，而是一对，像久别的亲友在问候探询，像相聚的情侣在和鸣对唱，此起彼伏，远近呼应，这时候，春天，阳光的感受，土地，农忙的感受，“一年之计在于春”的感受，就有更充分的体会。可如今，城市太大了，想走出五环、六环，这老腿老脚，谈何容易，若是打的，专门去倾听布谷鸟，岂不让开车师傅笑死。于是这“布谷布谷”的春之声，只能是我的一份怀旧、一份憧憬了。

前两天，一位在远郊区县租了农家小院埋头写作的朋友打来电话，谈完正事以后，我忽然想起来，向他打听：你那小村落，不就在燕山脚下吗？应该听到布谷鸟叫了吧？

他反问我，为什么对这种鸟儿感兴趣？我告诉他，正翻旧诗，恰巧读到古代两位诗人写布谷的诗，一为杜甫的“布谷处处催春种”，一为陆游的“布谷布谷解劝耕”。如果说，雄鸡报晓，一天开始，燕语呢喃，带来春天，那么，布谷声声，则意味着农忙开始。因此，布谷鸟固然属于春天，同时又属于农村、农民、农事，说它是庄稼人的鸟，是心中惦记着广袤土地的鸟，不是什么溢美之词。

由于杜甫、陆游的布谷鸟，想到这些古代文人对于农民的“耕”和“种”的萦注，对于农村的“催”和“劝”的关怀，真是值得后人学习的。他们要比当下文坛的作家和诗人，投入更多的感情，赋出更多的篇章。在如今的文学、影视、艺术领域中，农民已不再是主角。帝王后妃，将相王侯，达官贵人，政坛大佬，经理老板，白领阶层，丽人美女，风流公子，才是亮相于荧屏、活跃于舞台、出现于文学作品的一线人物。近十亿农民在做什么、想什么，已不大在作家、诗人的考虑之中了。当然，这也是工业化时代进展的历史必然，但是不是有可能忘记在村路上走过时那飞扬的尘土、脚上的泥巴呢？是不是有可能在某种程度上，开始疏离着土地、冷落着庄稼人了呢？这是值得深思的。

苏轼也为布谷鸟写过一首极其生动、富有情趣的诗。

南山昨夜雨，西溪不可渡，溪边布谷儿，劝我脱破裤。不词脱裤溪水寒，水中照见催租瘢。

东坡先生在诗中自注云："土人谓布谷为'脱却破裤'。"看来，这四个形声字，倒也说明一千年前的布谷鸟，其鸣声，直到今天也没什么变化。所谓"土人"，自然是地道的农民了，由于缴不上租而被杖责留下瘢痕，连破裤也不好意思脱下来，用"脱却破裤"命名布谷，可谓绘声绘色。那结尾一句"水中照见催租瘢"既有调侃，更有辛酸，可以想象在苛政重压下的农村状态。

诗人写的是布谷鸟，想到的却是农民的疾苦，诗人的心和大多数人联系在一起。这是苏轼谪放黄州时的作品，为《五禽言》中的一首，他生活在天人合一的大自然中，心领神会这个美学中的农村大地，才能有灵动之思绪，丰富之想象，朴质的辞藻，生动的形象。这和我们那些关在书房里闭门造车、脱离实际的文学家苦思冥想出来的作品最不相同的地方，就是更具有生命的活力。

我很羡慕我的这位同行，远离城市，住在乡下，不受时尚干扰，不被潮流影响，写他的作品。而且，还有这一份春天的幸运，能听到这种大自然的韵律。

他迟疑地说：到布谷鸟该叫的季节了吗？

我说：老兄，都三月份了呀！

他沉吟了一会儿，然后才说：今年我好像还没有听到过，去年春天倒是偶尔听到过两声，不过，老乡也说，这种鸟嫌人多，远走高飞了。

也许，城市的面积扩大，村镇的人口增多，节假日满山遍野的旅游者，让性喜孤独的布谷鸟禁受不住，离人类活动区域越来越远，这恐怕是一个不可避免的过程。

但是，一个中国作家，一个中国诗人，还是离大多数的中国人不要太远才好。

拾叶者言

银杏树在南方很多，到了太寒冷的北方，就比较罕见了。

这种树，一名公孙树，那意思是说它的生长期很慢，也很长，通常是爷爷种下的树，要到孙子那一辈才能结果。结的果子，叫作白果，因其外壳薄白而名。果肉色绿而糯，微苦，颇有不同一般的滋味。旧时，在上海，冬天的夜晚，常可听到有小贩叫卖“糖炒热白果”者，于小可盈握的炭炉上，炒一捧白果，热烘烘地剥来，在寒风中，塞入嘴中，也很有一点暖在心头之意。如今，在广东，这种白果肉大都用来做菜了，食来也是相当清素别致的。

不过，长到这把年纪，看到过许多地方的许多银杏树，但树上挂着果实的，至今，却尚无眼福一睹，实在是很遗憾的。所以，便把对于树的兴趣，关注到银杏树叶上了。拾这种树的叶子，同人家集邮、集火花、集钱币一样，也是一件乐在其中的事情。因为，在所有的树木中，独有银杏树叶的造型，可算是独树一帜的。状似扇，形似贝，薄似纸，轻似羽，轻盈飘逸，洁净雅致，形成一种很特别的风格。

在北京的香山脚下，就在双清别墅附近，有那么几株古老银杏，近些年来又在左右空旷地上栽种了一些，都还十分孱弱，尚不成林。不过，一到秋天，当满山黄栌红了起来的时候，这些银杏树也飒飒地飘落满地黄叶，用另一种鲜艳点缀着山光水色，也是怪有情调的。色彩总是配搭起来要好看些，一色的红，或者一色的黄，就不免单调了些。站在山下，放眼看去，红中有黄，黄中有绿，于是，风景便格外好看了。

每年秋天，人们到香山去，无不志在红叶。但我却总要拾几片银杏树叶，夹在书里，做书签用。而且，我到别处去，若见到银杏树叶，也有收集的兴趣，无非留在书册里，做一个小小的纪念。可能是水土的关系吧？南方的银杏树叶要阔大些，北方的就小巧玲珑些了。树龄高的，叶片要肥厚些；小树新长，那自然由于气力不足，便叶薄色淡了。无论何处采来的银杏树叶，夹在书中的时间久了，叶子也就干了，原本那黄灿灿的落叶，变得浅灰，渐渐泛白，质地也愈来愈脆，不过，那神韵却依旧故我。

这片银杏叶，从此在书中的某一页与某篇文章相伴，也多了一丝斯文。

有时候，翻开书，未读文章，先读叶片，因为很容易就翻到夹着叶片的那一页，它马上就突现出来。于是，使你想起某年某月的某一天，在某地逗留的情景。

也许终究是一片树叶的缘故，它和别的收藏物比较起来，太平凡，太普通，也太不需要代价了。在大自然中，它算得上最微末的物事了，所以，它从来也不会扮演重要角色的。它在你的书页中，那种不想让你注意，也不想让你不注意的自然而然的样子，其实，也含有一份做人之道的平实在内。若是我们能够意识到自己的平凡与普通，也就多了一点儿自知之明，便省得许多力不从心的烦恼。当然，也就有了尊严。

叶是一回事，但无数的叶构成的树，则是另一回事。

所以，每到香山脚下，我常常想到生长在南国更适宜些的气候和土壤里的它们的同类，那才是真正意义的银杏树，那高大，那壮观，且不说了。首先从观感上，那巍巍的声势，那宏大的气魄，那先声夺人的当仁不让的精神，绝对是北方地带当配角的银杏树望尘莫及的。

我记得有一年，在山东泰安的岱庙里，见到两棵并肩立着的古银杏树，中间只隔着一条甬道，可谓形影不离数千年。两棵树高约几十米，树茎也得两三人合抱，确是一副非凡模样。看到这两棵历经沧海桑田、阅遍人间变化的参天古树，同行的人，都膜拜之，仰视之，赞叹之，无不肃然起敬。有人说，泰山为五岳之首，那么泰山脚下的这两棵银杏树，也许是最古老的了。

其实不然，这种被称为“活化石”的银杏树，在地球上的其他地区，从二叠纪以后就绝迹了。后来那里的银杏树，多半是唐代由日本人引种过去，再传到欧美等地的。但是我们中国土地得天独厚，保存下这特有的树种，几乎在中国的大部分地方，都有银杏树的踪迹。我记得我的老家江苏，在大一点的寺庙里，都长着这种高洁庄严的树，其树龄谅亦不输岱宗那两位巨人的。

银杏树给人的感觉，是疏朗端庄，是高标挺拔，但它的叶片，却是明洁俏丽，优雅可人。这也是伟岸的人和寻常的人，各有其不一般的特色了。伟岸者有其抱负，寻常人有自己的志趣，这世界所以美丽，就是有各个不同的追求和目标。假如我们都能懂得大自然中没有两张绝对相同的叶片，那么对于拾叶者的启示，莫过于走自己的路，过自己的生活，经营自己的天地了。

前不久，到广东韶关的南华寺，时值初冬，南方的季节要晚些，但那银杏树叶也到了枯黄坠落的日子。在香烟缭绕中，飘然而下，落地无声，随风而来，又随风而去，看着看着，也仿佛悟到了一点儿禅意。

这世界，这人类，不也就这样一季一季地更生不息吗？这无限之中，具体到每一个人，又是极有限的。因此，叶片不大，却总是应该记下它的一段时光。人也一样，不一定轰轰烈烈，但也会有自己一生中那碧绿碧绿的蓝天，那丝丝缕缕的云霞，那习习匀匀的和风，那淅淅沥沥的细雨，那灿烂辉煌的日子里曾与阳光共舞的回忆。去了，也就由它去了，但你留下了它呢，也就留住了。知识闻见的积累也好，生活中辛酸和愉悦的感受也好，成功与失败的经验也好，平坦或颠簸的路途上跋涉的体会也好，都是应该珍惜、应该谨记的。那样的话，当你朝着未来时，就会觉得充实而有信心了。

这样，你拾起一片一片叶子的同时，也就觉得活着是多么有意义和有价值的事了。

晚霞的赞美

一天之中，晚霞是最为绚丽夺目的时刻；同样，一生之中，晚年也是最为成熟完美的岁月。

朝霞比晚霞灿烂明亮，晚霞比朝霞深沉浑厚。朝霞来得快，去得也快，接着便是旭日东升，普天同照。然而，太阳开始西坠，那变化无穷、缤纷万状、色彩奇艳、婀娜多姿的霞光氤氲，便弥漫了大半个天空，那就是一天之中色彩最丰富的画面。晚霞之美，令人动情，让人心醉。晚霞烧红了的天，渲染得人间万物、大地风景，无不反射出耀眼的光亮，这就是人们常说的夕阳红了。所以说，晚霞是渐渐展示出来的精彩，可以充分领略，是慢慢表现出来的美丽，可以驻足欣赏。甚至当月牙露脸，当星星眨眼，那黄昏的地平线上，还可见到一抹残红，给你以无限遐思。这就是说，一个人，哪怕到了晚年，鹤发童颜，精神矍铄，那种气质的美，那种心灵的美，那种智慧的美，那种思想闪光的美，也和这满天晚霞一样，会给这个世界留下充实丰硕的温馨，留下难以忘怀的回忆。

南北朝期间，有一位叫庾信的大诗人，才华过人，天资非凡，无论诗文，无论辞赋，都达到了极高的艺术水平。在中国文学史上，他是将南方文学的文采与北方文学的气骨合二为一的第一人。庾信生于公元513年，卒于公元581年，其代表作《哀江南赋》为世所公认的南北朝辞赋的压卷之作。当我们读他这篇《赋序》的开头“口暮途远，人间何世！将军一去，人树飘零；壮士不还，寒风萧瑟”六句时，无不被那历史的沧桑感、故国的怀旧感、身世的悲怆感、思乡的依恋感所打动。

他这篇不朽之作作于公元578年岁末，已经是他的晚年作品。不过，庾信早年文风绮丽轻艳，浮华悱恻，与徐陵齐名，时人称为“徐庾体”。后来，庾信经历了侯景之乱，险几丧命；江陵之乱，家人散失。饱尝战争之灾难、乱世之痛苦，流落北国，有家难归。他的挫折困顿，他的颠沛流离，才使得他晚年在文学上达到一个出神入化的境界。唐代大诗人杜甫用诗歌来评价这位前辈：“庾信文章老更成，凌云健笔意纵横”“庾信平生最萧瑟，暮年诗赋动江关”。看来，生命的傍晚，烧红的晚霞，成就了文学史的辉煌一页。

人是要老的，这不用说，但不能怕老，尤其不能老而却步，老而止步，老而迈不动步。试看晚霞之精美绝伦，试看晚霞之坚持到底，老而弥坚，老而弥健，追求成熟之美，才是晚年的人生哲学，这恐怕也是大诗人庾信的一生信条。

为什么晚霞值得赞美、晚年值得珍惜呢？因为走过了很长很长的路，经历了许多许多的事，在跌打滚爬的过程中摸索到一点儿经验，在成功失败的教训中获得了些许觉悟，遂知道对国家、民族来讲，什么是最可宝贵的；对家人、亲人、朋友、同志来讲，什么是弥足珍视的！虽然每个人的天空里都有晚霞，虽然每个人心目中的晚霞不尽相同，但欣欣向荣、蒸蒸日上的这个伟大时代，那无数生动的画面，对我们这些华龄朋友而言，便是值得坚守的共同财富了。

重阳菊花黄

每到重阳，一首耳熟能详的《采桑子》，“人生易老天难老，岁岁重阳。今又重阳，战地黄花分外香”马上涌到口边。

黄花，即菊花，古往今来，是重阳佳节必不可少的景物，也是重阳诗词必不可少的主角。如王勃诗《九日》：“九日重阳节，开门有菊花。不知来送酒，若个是陶家。”如李白诗《九月十日即事》：“昨日登高罢，今朝再举觞。菊花何太苦，遭此两重阳。”如孟浩然诗《过故人庄》：“故人具鸡黍，邀我至田家。绿树村边合，青山郭外斜。开轩面场圃，把酒话桑麻。待到重阳日，还来就菊花。”如张籍诗《重阳日至峡道》：“无限青山行已尽，回看忽觉远离家。逢高欲饮重阳酒，山菊今朝未有花。”如王缙诗《九日作》：“莫将边地比京都，八月严霜草已枯。今日登高樽酒里，不知能有菊花无。”……因为重阳为一年节令之晚，因为菊花绽放为百花开尽之后，一个“之晚”，一个“之后”，焉能不引发诗人的浮想联翩？于是，重阳唯有菊可赏，黄花陪君度秋光，在诗人笔下联袂出现，便是再自然不过的事情了。

陶渊明“采菊东篱下，悠然见南山”的《饮酒》，人皆知之，但是否为重阳节那天的事，则谁也说不上来。采菊应是秋季，当无疑义。老先生在花期已过的秋天，无别的什么花可摘，偏要躬身东篱下采菊，我想，这是他对于一年花事最晚的菊花情有独钟的缘故。菊花之可敬，就在于在冷落中坚持、在喧嚣中平静、在寒风中挺立、在艰难中前行的宝贵品格。当百花姹紫嫣红、争奇斗艳时，唯菊花默默；当百花凋零谢尽、叶萎枝枯时，唯菊花独秀。这某种程度上也是诗人一生的自况吧？所以，陶渊明不求闻达，以菊寓人，甘于清贫，以人拟菊，得以有一个生活上很平实、精神上却很充实的晚年。

重阳节又称老人节、敬老节，其渊源恐怕就是这个节令时在秋冬之故。在中国最古老的启蒙读物《千字文》中，有一句“寒来暑往，秋收冬藏”，既可解读为一年四季的春夏秋冬，也可放大为人之一生等于青年、中年、老年、晚年的运行时序。如果说端午节吃粽子，譬之人之青年，龙舟竞渡，击水中流，自然是属于年轻人的专利，因为那需要青春蓬勃的冲动，更需要挥汗如雨的力气；如果说中秋节食月饼，时为金秋季节，譬之人之中年，阖家团聚，赏月开怀，应该是中年人才会有的雅兴，自然是属于正当年者的享受了，因为那需心满意足的情致，更需要努力奋斗的积累；所以，食糕登高的九九重阳，自然譬之人之老年，那是毫无疑问的了。桑榆晚景，也是每个上了年纪的人期期然必至的归宿，这就需要一份平和，一份安详，一份清净和一份难能可贵的淡泊。欧阳修所赞“耐寒惟有东篱菊，金蕊繁开晓更清”，元稹所赞“不是花中偏爱菊，此花开尽更无花”，此时，唯一绽放的菊花，成为老年人的象征，也就再恰当不过了。

重阳赏花，更着重于菊之精神，一是其傲霜而不颓靡的志节，二是其坚贞而不阿附的品格，三是其高尚而不庸俗的境界，四是其淡雅而不华奢的意趣……这一切，也应该是人到老年以后，要争取做到，或者尽量做到的。所以，那些精神矍铄的老者、头脑清醒的前辈，在他们走到生命征程的最后阶段时，所表现出来的成熟练达、豁然睿智、世事洞明、超凡脱俗，有如怒放于寒野中的菊花，虽霜重露浓，但精神抖擞，虽秋风萧瑟，但生机盎然，总是令我们高山仰止，肃然起敬。

人总是要老的，正如端午过后中秋，中秋过后重阳，这是谁也不可违背的运行规律。退出机制，是新陈代谢法则的必然产物，若是老而不识大势，老而恋栈装嫩，老而老骥自居，老而指手画脚，秋收该收而不收，招摇过市不已，冬藏该藏而不藏，抛头露脸不止，老而不知老，老而总是不想罢休，那就属于不识时务了。因此，重阳登高，极目远眺，那些已经走过的路，于挫折中的进步，于困惑中的摸索，跌跌撞撞，酸甜苦辣，自是值得回味，但也不必成为包袱；即将要走的路，会有曲折，更有光明，会有困难，更有前景，那才更加值得憧憬。

正如那首《采桑子》接下来所写的：“一年一度秋风劲，不似春光，胜似春光，寥廓江天万里霜”。重阳登高，登高是为了望远，只有看得远，看得透，才能明白身外之物，其实什么都可放下，而人格、信仰、真理、追求，才是绝对应该坚持的。正如晚秋独放的菊花，靠那一份精气神，仗那一份生命力，虽“不似春光”，但未必不“胜似春光”，如果那样，也就达到“霜叶红于二月花”的自在境界了。

君子兰

如今的君子兰，可大不如前了。

十几年前，它开始走俏起来。七八年前，到了鼎盛时期。一盆花高达万元、数万元，是不值得大惊小怪的事情。等到三四年前，我到长春去，潮涨也有潮落时，君子兰的最风光的日子，已经过去了。朋友送给我一棵据说是名贵品种的君子兰，从此我也开始养起这种花。

其实，君子兰极易成活，稍加调理，水肥适度，即可开花结果。

但若是要培养出好的品种，赏花观叶两宜，进而要求叶片宽短，叶脉清晰，植株整齐，花色变异，那就除了需要学问和经验，还要全神贯注，毋躁毋懈，正经当个营生来干才行。为了挣大钱，这种投入也是理所应当的。那时，张辛欣写了篇小说，叫《疯狂的君子兰》，就描写了这种由于价格与价值的超度背离，弄得人们七颠八倒的故事。

哄抬，北京话也叫起哄架秧子，是很能造成一种轰动效应的。

契诃夫写过一篇小说，一个人待在马路上，抬着脑袋在那儿看天，第二个人走过来，看他在看，也跟着仰脸，第三，第四，结果半个城市的人都呆呆傻傻地驻足观看，努力在晴朗的天空里寻找什么，当然实际上是什么也没有的。

于是，我想起我们这一行的兴衰起伏，似乎也有差不多的际遇。经过十年文化沙漠的枯涸干渴以后，新时期文学出现了一个前所未有的热潮。每一篇作品的问世都在广大读者中立刻引起反响，形容为洛阳纸贵，也许有点儿夸张，但确实一大批作品、一大批作家是在那个时期涌现出来，并且在短时间内有了很大的知名度。那时，一份文学刊物订户达百万，一本小说初版印数十几万，不算什么稀奇！在今天看来，几乎是天方夜谭了。

但有时候也不禁琢磨，这种盛况的背后，是不是也存在着像君子兰在它最火爆的那阵所产生的价格和价值的背离呢？是不是会像契诃夫小说里那些瞪眼看天的市民一样，不过是人云亦云、人看我看、人傻我傻，最后结果只是留下一个空空如也呢？那时人们对于文学的渴求，和为了满足这种需要所创作的文学，并不完完全全是属于文学的文学；对不起，包括作者自己在内，也在使文学负担了一部分非文学的使命。

对比今天文学的寂静，往日那种喧闹场面和七八年前君子兰的鼎盛状况，大概是相类似的。正如一盆花售价数万元，纯系哄抬物价的结果。同样，有些作品，也是盛名之下其实难副的。

如果谁有兴趣，到旧书店去，在打对折或者廉价处理的书架上翻一翻，便会找到不少当年名噪一时的作品。这时候，你捧着那些仍旧崭新的旧书，就觉得契诃夫小说里描写过的现象，重又演过一遍。

时光对于作品来说是无情的。

如今的许多作家并不逛旧书店，仍旧沉湎于昔日的众星捧月的佳境中。虽然那也确是一个光辉的过去，但由此以为自己已经在创作不朽，万世传诵，那就有欠清醒了。“啊！史诗啊！史诗！”这种话，别人说说是可以的，而且是在当时那样情况之下说说的。犹如三年灾荒饿得前胸贴后背后，吃一块高价点心，那种快乐简直无法形容，但这并不说明糕点好得不得了。物以稀为贵，一头小毛驴运到贵州，把当地的老虎都吓了一跳。如果不实事求是，自己也在“啊！史诗啊！史诗！”地赞叹，还封自己为“里程碑”，还要成立研究自己的学会，接着萝卜快了不洗泥地写下去，那就不足为训了。君子兰是曾经卖到两三万元，甚至还要多的高价，但这并不等于它真值那么多钱。现在花上三五十元，便可抱回去一盆，而这才是它的实际价值。

曹雪芹在北京西郊喝粥就咸菜写他的《红楼梦》时，绝对想不到后世竟有“红学”这一说。莎士比亚临终写他的遗嘱时，连把一张次好的床留给他的妻子这个具体而微的细节都未漏掉，可是对他写下的那么多作品却只字未提，看来他并不把这些当回事。显然他也没料到将来会有“莎学”，会有靠他吃饭谋生的一大批学者、专家。所以，若是的的确确的不朽，不吭声，也会不朽。即使一时半会儿的不能不朽，时光会洗涤去积淀，终要闪现出熠熠光辉。若是为声名所累，不惜老王卖瓜，自卖自夸，活着想看到自己不朽，那就不免要贻笑大方了。

因此，文学的这种“君子兰效应”，一时间的行情看好，是千万当真不得的。

如今，我那盆君子兰也开花了。过去走俏时花怎么鲜艳，眼下变得平常时，花也仍旧那么鲜艳。外界的是非褒贬，与它了然无干，或许，这也可算是为人为文之道吧。

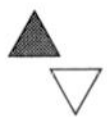

人生的阳光

人生何处不阳光？我们活着的一生，除了头顶上的阳光，给我们带来生命、光明、绿色、希望之外，其实，人与人之间，也是充满着灿烂阳光的。因为每个人的心中，都有一轮能够发出热量和光明的太阳。正是这光和热，我们才活得有声有色，有滋有味。所以，在这个世界上，你和你周围的人，你周围的人和更多的人所构成的社会，彼此之间，都存在着这种阳光的亲密联系。别人的阳光温暖了你，同样，你自己的阳光也照亮了别人。只有这样，世界才有生气，人类才有精彩。

德国的文学大师歌德，活到八十多岁。“他的伟大思想和伟大的性格特征，好像一座山峰，虽然在远处，但在白天里阳光的照耀下，轮廓仍是鲜明的。在风和景明的日子里，我陪他乘马车出游，他穿着棕色上衣，戴着蓝布帽，把浅灰大衣铺在膝盖上。他的面孔晒成棕色，显得健康，蔼如清风。他的隽妙语言的声音流播原野，比车轮滚滚声还更洪亮。”这就是说，歌德到了晚年，他那睿智，经过时光的砥砺而精粹，他那心境，经过人生的历练而彻悟，所以，那些贴近地生活在他周围的人，感觉他像阳光照耀下的远山，明亮、清晰、鲜明、亲切。爱克曼动情地写到这位冬日阳光下的大师：“我们谈着一些伟大的和美好的事物，他向我展示出他性格中最高贵的品质，他的精神点燃了我的精神。”（爱克曼《歌德谈话录》）

我们，或许并不能比拟杰出的文学大师，而且也不会在历史的长河中留下难以磨灭的痕迹。但那却是每个老年人努力的方向。自我量力做不到的事情并不等于不是努力的方向。能做多少是多少，做到一点是一点。也许，热有高有低，光有强有弱，然而，有一分热，发一分光，对老年人来说，我们做了应做的一切，尽到责任；我们像树木的年轮一样，承前启后。

无论如何，到了“停车坐爱枫林晚，霜叶红于二月花”的桑榆之年，伏枥之际，有过美丽而又激情的春日阳光，有过热烈而又辉煌的夏日阳光，有过饱满而又丰足的秋日阳光，现在，到了热烈又明亮、温馨又亲切的冬日阳光之下，经历过春天的新绿，夏天的热烈，秋天的成熟，这些“早生华发”的一代，自然也会欣欣然与大家同乐于冬日的收获。虽然，冬日的阳光离北半球比较远，但冬天也是北半球人对阳光倍感亲切和温暖的季节。因此，和大家在一起拥抱阳光的明亮，感受阳光的温馨，便是最佳的生活方式了。

云的诗话

古人写过无数风花雪月、太阳月亮星星的诗篇，但很少有人去刻意写云。

王维的“但去莫复问，白云无尽时”，李白的“云想衣裳花想容”，白居易的“去似朝云无觅处”，杜牧的“白云深处有人家”，张先的“云破月来花弄影”，应该说都是名句了，但他们并不是着意来写云的，浮想联翩，信手拈来，诗人的比兴而已。

这也是一个很奇异的现象，其实，晴空万里、朗朗无云的时候并不是很多。我乘坐过多次飞机，短则几小时，长则十数个小时，很少会碰上一路无云的航程。平时在地面上，从不注意头顶上永远会有的或多或少、或浓或淡的云。到了同温层，马上就体会到云对于飞机的影响，你会从机身的颠簸中感到云的存在，可是等到飞机降落，那云的印象马上就和云的命运一样，无影无踪地消散了。

也许人就是这样的“物稀为贵”“易得则贱”的性格，少，便珍惜，多，便不经意。太容易得到的东西，便不精贵了。其实，云的性格给我们许多启示，你愿意看我一眼，我也是千姿百态，煞是好看的，你要是不注意我，我也同样地存在着。所以，对我们这些芸芸众生来讲，包括友谊、感情、交往，甚至一切一切人与人的联系，也应该像天上的浮云那样淡然飘逸、率性随意才好。只有这样，你给予了你的全部，或许一时可能多些，或许一时可能少些，但你也并不想（或者压根儿连想都不想）去要求人家回报，于是，你也就不会有烦恼，尤其绝不会自寻烦恼了。

“千江有水千江月，万里无云万里天。”这是一个多好的自然境界啊！像云一样来了走了、走了来了的没有负担。人，应该少一些“浓云密布”，多一些“云淡风轻”，这便是快乐了。

云来云往，起合散飞，纵横上下，沉浮自由，欲来则来，欲飞即逝，赶之不走，挥之不去，这就是云的性格了。它是常在的，它是丰盛的，它是总怕你寂寞地守着你的。犹如一位痴情女子给了我们过浓过重的爱那样，于是那些拥有了这太容易得到的云，也就不那么珍惜了。所以，诗人不专心致志地在笔下写这些永远陪伴着人们的云，也仿佛可以理解了。其实，花开花谢，月圆月缺，在风雨如晦的日子里，太阳和星星还会躲得无影无踪，只有云，总会向你报到；如果你记得住它，抬头看天的话，云准在那儿向你微笑。

诗人很多，而诗人中写白云的在文学史上倒是屈指可数。这里，就不得不先提到南北朝的陶弘景了。

如果他不是唯一的，大概也是为数不多专门写云的诗人。其实他的名声则是一位典型的中国式的隐士，和现在那些标榜隔绝隐居，一提起来文坛便摇头、便唾弃不绝的作家差不多，骨子里却是身在林野、心向朝中的不忘荣利之人。后来，人们以“终南捷径”四字来讽刺这些假清高、真世俗以隐求显的文人，但是，陶弘景以云为旨写的诗，超凡脱俗，有不食人间烟火味，是很难得的。

他这首脍炙人口的诗篇，那标题《诏问山中何所有赋诗以答》就显得来头不小，尘世味很浓，官腔味十足。何谓“诏”？谁有资格用“诏”这个字眼？皇帝也！试想一想，皇帝都来向他请教，水涨船高，也可晓得他是何等人物、什么行情了。这种手法，现在也偶能在报章杂志上见识到的，譬如和某某长握手啦，交谈啦，譬如某某长又如何拍他的肩膀，又如何和他同声共气啦！话说回来，若是一位蹬三轮的，或者摇煤球的，问陶先生：“你老人家住在那茅山里，那里有什么呀？”他不会把这些不上台盘的人写到题目里去，拿到晚报上去发表的，这就是令人齿冷的文学势利眼了。

不过，这位隐士的诗写得确是潇洒，“山中何所有，岭上多白云。只可自怡悦，不堪持赠君。”短短二十字，把云的从容自在、不随俯仰的性格写尽了。

写云写出名的，还有一位宋代的秦观，他在一首《满庭芳》的词中，一开头就写道：“山抹微云，天连衰草，画角声断谯门。”以萧瑟秋景来写离情别绪，他不是第一个，但他用丝丝缕缕的云，来象征这份感情，再加上一个动名词“抹”字，便把那如絮的淡云写活了。苏东坡读到他这篇新作时，不禁击节赞赏，称他为“山抹微云秦学士”，当时的文坛，便以“山抹微云君”的雅号冠之于秦少游的头上，遂成一时佳话。从这里，我们也可看到苏东坡对于后来者所表现出的一种大师的风范，比之那些鼠肚鸡肠的前辈作家，对于年轻人的挑剔、排斥，甚至嫉妒、排挤的小家子气，简直是天壤之别。

但苏东坡也并不是欣赏这首词的全部，因为他和秦少游在词的主张上、追求上，未必尽同。《高斋诗话》载：“少游自会稽入都，见东坡。东坡曰：‘不意别后公却学柳七作词。’少游曰：‘某虽无学，亦不如是。’东坡曰：‘销魂当此际，非柳七语乎？’”虽然观点不一，喜恶不同，但好，他是不抹杀的。“山抹微云”还是让大师激动不已，有成绩还是要肯定的，他带头给这位学士叫好。

另外，有一位人称鬼才的李贺，也是以一首《雁门太守行》走上唐代诗坛，而震惊了当世和后代。这首诗一开头，便是“黑云压城城欲摧，甲光向日金鳞开”两句，真是出手不俗，声势不凡。据《幽闲鼓吹》载，公元807年（元和二年），当时还未出名的李贺把他的诗呈抄给大文豪韩愈看时，头一首就是这篇诗，韩愈一下子就被这年轻人的“黑云压城”四字吸引住了。

韩愈也在诗里写过云，他的《左迁至蓝关示侄孙湘》一诗里，“云横秦岭家何在，雪拥蓝关马不前。”那不仅是意境高超的锦句，也是对仗工稳的佳联。但这位老人家为眼前的奇才惊奇不已。

“黑云压城城欲摧”，出自年轻人口中的这番气势、这等想象，把韩愈兴奋得不得了，兴冲冲拉着皇甫湜一起去看望这个新发现的年轻诗人。当时，韩愈官做得很大，是吏部侍郎，等于是组织部或人事部的负责干部，而且在文坛上也是扛鼎之辈，举足轻重的大作家，但他不端架子，不甩牌子，不做教主，不和年轻人作对，为诗坛出现这样一位新人而雀跃不已。一位老作家，能这样隆重礼遇一个后起之秀，真是具有“不耻下问”的圣贤精神。

两位大人物坐着车子来到李贺住处，一看他实在稚嫩，心存疑虑，就让他当场写一首诗来。“少年心事当拿云”的李贺，面对这场面试也不畏怯。就以他们的车子为题，写了一篇《高轩过》，通过他们的光临，抒发自己的抱负。最后两句为：“我今垂翅附冥鸿，他日不羞蛇作龙。”果然云龙变化，一鸣惊人。后来，有些和他争名的人就想方设法排挤他，说他的父亲名“晋肃”，“晋”“进”同音，认为他应该避讳，不能去考进士。韩愈为此还写一篇《讳辨》的文章，鼓励他去应试。从这里看到，韩愈也好，苏东坡也好，在文学世界里很像夏日里遮蔽骄阳的云，也像是大旱之盼云霓的云。尽管天不假以永寿，李贺才二十七岁就沮谢于世，但是，他像天空瞬间即逝的流星一样，闪烁着耀眼的光华，在文学史上留下了难以磨灭的印象。这时候，能不想起宋代晏几道在他的《临江仙》里所写的“当年明月在，曾照彩云归”吗？能不想起那些在文学世界里，曾为后来者尽提携之力的前辈吗？

韦庄在《衢州江上别李秀才》中这样感叹过，“千山红树万山云，把酒相看日又曛。”不过，只要还有明天，便有希望，便有努力，便有无尽的彩云，这不仅仅是文学，是诗，也是生活。虽然白云苍狗，人生须臾，但绝不是来不及的。

你是不是也如此想呢？

秋天的感觉

每个人在他的人生旅程中，都有愉快和不愉快的经历。

这种感觉，到了秋天，似乎反差要明显一些，愉快的人更加飘逸，不愉快的人，恐怕难免会更加沉重一点儿。

秋季来临，天高气爽，万里无云，心情好的人，自然是觉得非常痛快。因为他没有忧愁，没有什么不高兴的事。看见黄叶从树枝上落下来，他认为遍地洒满了金色的喜悦。看见路旁草尖上的寒霜，他觉得毛茸茸的十分温暖。虽然秋风吹在脸上已经有些凉意，可比起闷热的三伏天，要开心得多，舒畅得多。他敞着胸怀，唱着小曲，一路小跑，似乎天地之间的温馨和飒爽统统属于他了。

可是，假如这个人十分懊丧，碰上了倒霉的事，连喝凉水都塞牙的时候，就会感到秋天不那么快活了。触目荒凉，冷风飕飕，落叶飘零，枯草萋萋。此时，浑身上下很不自在，好像整个世界跟他过不去似的，连走起路来也没精打采的了。

其实，我也不赞成秋天早早地来临，因为金秋一到，也预示着寒冬即将来临。

所以秋天不像春天那样充满了希望，有着无限光明前景的展示，足足地可以放开手脚，大大地施展抱负的日子长着咧！嫩绿的春天和随之而来的浓绿的夏天连在一起，是一个漫长的期待。优游从容，在希望中，在生长的季节里，来得及做许多撒下种子即可萌芽还能开花的事情。但黄色的秋天未免短促了些，紧接着便是白色的冬天。你还未在画板上留下一抹香山红叶的倩影和古都灰蒙蒙的红墙碧瓦的雄姿，那扯棉拉絮般的皑皑白雪就将一切色彩全部遮盖住了。

如果，真是纯洁的白色也还罢了，至少给人一点儿清净，可事实却是很脏很脏，看上去像一块盖了多少年的棉被。于是在秋天，即使是金黄色的秋天，美不胜收的秋天，一旦想起那脏兮兮的白，马上倒了胃口，没了兴致。

不过，这也只是一种心绪而已。

秋天到了，绝大部分人，该郊游的还是要去圆明园，站在东倒西歪的大水法前留个影；该购买秋装的女士，忙于出入卡地亚或是银梦时装屋，努力表演出一个潇洒；该觉得秋天不失为结婚的最佳时节的，赶紧用绳子（当然用月下老人的红绳，不过，有时也不用，硬拴）牵着未来的新娘去登记。一切照旧，毫无二致，对于秋天的感觉，只不过是一种心头上的“生的门答”[①]，也就是伤感而已。

一年四季，春夏秋冬，该来的总是要来的，同样，该去的总是要去的。英国诗人雪莱有句名言：“冬天已经来了，春天还会远吗？”

一个人的生命周期，其中也存在着春之生长、夏之辉煌、秋之成熟、冬之老当益壮这样的变化。成熟的本身，可以看成是一个新的生命小周期的开始。不要怨艾，赋出新声，努力给他人创造一点儿新鲜，一点儿快乐，那么，也就对得起这个大自然，对得起时间，更主要的，也对得起自己了。

① 英语 sentiment 的音译，感伤的意思。

巴西木

朋友送我一盆巴西木，我把它放在朝阳的窗台上。

其实，大可不必如此，在亚马孙流域翳翳蓊蓊的热带雨林里，也许终年不见天日，但照样长得青枝绿叶的。

由于我对花草虫鱼知之甚少的缘故，我觉得这盆巴西木也未见有多少出奇之处。说得不好听一点儿，若不是根部的粗可盈握的树桩稍有一点儿别致外，通体几乎毫无可取的地方。

尤其那像鸡毛掸子一样的茎叶，更是不敢恭维。真还不如田野里的老玉米那样，郁郁葱葱，枝壮叶肥，来得精神蓬发，生机勃勃。也许这盆巴西木知道我不识货，便也没精打采地生长。后来，还匆匆忙忙开了一串小花，散发一股并不雅致的香味。接着，就恹恹地萎黄了，我也没将它当回事，懒得调治，就搬离窗台，不再浇水，拉倒了。

一天，我见到我的朋友，告诉他这回事。

他不禁摇头，面露一副怅然若失的表情。因为他好不容易坐飞机从广州给我带过来的。

“噢，噢。”以后，我的朋友便没有再说什么。

于是，我想起了《聊斋志异》里的一则故事，有一个年轻人，饲养了许多鸽子，而且都是些名贵品种的鸽子。如坤星、鹤秀、腋蝶、诸尖、靴头、点子、大白、黑石。蒲松龄笔下的这些种类，至今还有人在养。由于这位养鸽人全神贯注，情有所钟，爱鸽如命，孜孜不倦，终于感动了鸽子的上帝，送给他一对人世绝少的佳种。

一个人，大凡过度痴迷于癖好之中，弄到无法自拔的程度，往往疏隔了世俗人情，就会显得迂腐和呆头呆脑的样子。

有一天，这位年轻人遇到了他“父执”一辈的一位老人家，不得不垂手做唯唯状，执子侄礼。因为对方是一位贵官，中国人见官有几个敢不恭谨的呢？当老人家问起他养鸽子的事情时，他不知该如何是好了。问题在于他还没有完全地傻，傻到只认鸽子不认人的地步。如果那样倒也好了，管你多大的官，老子不尿你。可他仍有一点儿世俗的聪明，包括懂得必须生存下去的适应性。这就坏了事了，他得揣摩老人家的用意，考虑应对之道。这种人，该傻不傻，不该傻倒犯了傻。他竟以为对方也是同道，和他一样，是个鸽迷呢！只好割爱，献出那对佳种。

过些日子以后，他又碰上这位老人家，谁知略无任何表示。他便问了：“怎么样，那对鸽子？”

回答说：“还算肥美吧！”

他大惊失色：“您给炖吃啦？”

“是啊！”

“那可是非常名贵的品种啊！”

这位老人家回想了一下，说道：“也没有什么特别的地方！”

当我把这个故事讲给我朋友听后，他笑了，他说了一句让我不能忘怀的话，好久也不能平静。他说，好赖一锅煮，是人类唯恐失去平衡，彼此心安的典型心态。对于那些新奇的东西、出类拔萃的事物来说，最可怕的命运，莫过于碰上这种整个社会的不肯接纳和区别对待的惰性了。

我连忙跑到小院去找那盆巴西木，很遗憾，早枯死了。

马站着睡觉

我庚午年生，对于马，有一种亲切感。

年轻时，我在工地劳动改造，有一匹早先随部队转业而来的驮马，我侍候过。这是一匹老马，架驮将它的颈、脊、背部磨出精光的皮板，可以想见在战争年代，背负着给养辎重，在枪林弹雨中出生入死的功劳。如今虽然老了，什么活也不能干了，但我所在的工程队系部队转业，老兵念着那份火线上的感情，便将它养了起来。

因为我是“右派”，常常被打发去打扫马厩。久而久之，它倒对我熟了，看到我来了，多少要有点儿动静，倒不像认识我的朋友们那样避之唯恐不及。那时，几乎被所有的人疏远，甚至排斥，却偏偏在老马这儿，能够获得一点儿无言的慰藉。尤其它那昏蒙的眼睛，盯着我，琢磨我，似乎想跟我交谈些什么，我总是忍不住激动。

于是，便抓起一把黑豆在手心里，让它慢慢地，其实是很困难地舔食。吃起来那副有气无力的衰弱样子，牙口老到如此不行的程度，很替它难过。我就想到典出三国的“驽马恋栈豆”成语，言之也许未必尽然有理。如果你是一匹垂垂老焉的驽马，试试，你就觉得那是值得同情，而不应受到奚落的弱点。

司马懿以狠绝的口气说这句话的时候，他正处于大获全胜的巅峰状态，一个得意辉煌的人，是不大想到暮年也会气颓势弱的，更想不到他的子孙后来甚至死得更难看。所以这种无情的嘲讽，从某种程度来说也是拿自己开涮。其实，从生理角度来看，每个人都有成为驽马的这一天。看到这位动物朋友，便体会到什么叫作精疲力竭，什么叫作力不从心，到这一刻，打心眼里只有同情这匹已经尽了力的老马，而生不出什么讥笑的意思。

我熟悉的这匹马，其实，很通人性的，它的智商，它的情感指数，应该不比工程队养的守卫狗差到哪里去。我在清扫马厩以后，若是没有派新的活计，我常愿意与这匹老马对面坐着，我看着它，它看着我，我们之间似乎能产生一种精神上的交流。很明显，它跟我一样地落寞难耐，一样地孤立无援。那些与它一起驰骋沙场、一起衔枚疾走的同伴马匹，天涯海角，各自东西，肯定是它永远的梦；那些给它梳过毛、给它钉过掌、给它半夜起来喂过草料的军人战士，复员转业，解甲归田，也早从它的视线中一一消失。

我不知道马有没有像人类一样的记忆，在我心目中，至少这匹老马是有的。当我调离这个工程队后，别人告诉我，很多天里，喂它黑豆，它总是把头扭到一边去。这使我很伤感，便找了个借口，请假跑回去看望它。走进马厩，那些与它同住的守卫狗认出我来，情不自禁地扑跳过来，但老马不冷不热，有一种“曾经沧海难为水”的矜持。

说实在的，在此之前，我没有接触过任何一匹活生生的马，在我的全部记忆中，只有昭陵八骏，只有吕布、关羽的赤兔，只有韩愈论马的文章，只有李贺写马的诗，只有徐悲鸿画的马，只有与马有关的“天马行空”“龙马精神”“马到成功”“春风得意马蹄疾”等令人昂扬的词句。我第一眼看到这匹老马，这匹老而且病弱的马，连“马瘦毛长”这四个字都当不上，令人感到十分泄气。那稀落的毛，那残断的尾，那瘦骨嶙峋的骨架，那近乎失明的眼睛，我都替它活得累。

然而，它始终站立着，不倒，活出一份尊严。

从它那儿，我才知道马是站着睡觉的。我还和一位老兵探讨过，应该让这匹老马像生产队里的牛一样，能够卧下来，得到将养才是。那老兵断言，它要卧下来，它大概也就离死不远了。我看得出来，它太老了，它并不总能支撑得住，它有时不得不靠在拴马的桩子上，不得不倚在马厩的墙壁上。但是，我更看得出来，它在维护着一匹战马的绝不倒下的尊严，它不得不把四条腿分劈得开些，好站立得稳固些。

我真被它那维护尊严的精神感动了。

不久，我离开那工程队到更遥远的大山深处的工地去了，再也打探不到那匹老马的消息。但我相信，它会尊严地站着，一直站到生命的最后一刻。

从那以后，我也明白了许多，一个人活到什么样子，就是什么样子，也许未必能够完全保持这种站着活的尊严，但是，不卖弄哀苦，不炫耀屈辱，不唠叨不幸，不冀求恩典，不侥幸免费午餐，不稀罕施舍慈悲，还是应该尽量努力去做的。

马上又到我生命中的马年了，我不禁想起那个无言的动物朋友。

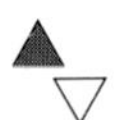

读树

树可以读吗?

我想这个回答是肯定的。因为一棵树，就是一本书。

如果说，书本凝聚着古往今来的知识积累，那么，树木就压缩着一去不返的逝水流年。如果说，书本是用文字承载着人类的智慧，那么，树木就是用年轮记录着地球的历史。因此，读书，让我们得以了解自己，了解人生；读树，让我们懂得把握现在，把握明天。所以，读树与读书一样，是大有益处的事情。

早年住在东城，去劳动人民文化宫的机会较多。第一，因为离住处苏州胡同，离单位东单三条近些；第二，因为1957年以后有一段日子，几乎没有什么朋友还肯跟我来往；第三，人要是倒霉了，也就没有什么社会活动还能让我参加，也就没有什么事情还能让我打起精神来做。于是，那里是我唯一可去可待的场所。当然，还有第四，由于戴上了一顶“桂冠”，自惭形秽，愿意觅一个远离人群的所在，免得出现看到熟面孔打招呼不好，不打招呼也不好的尴尬。这样，在太庙里的冷僻角落里，垫着报纸，席地而坐。待到树荫里的路灯亮了，抖掉落在衣服上的松针，在薄暮中的长安街上，慢慢地走回去。

那些树，给了我特别的依靠。

因为在那些年里，所有以为靠得住的朋友，都来不及地闪开了，只有这些无言的树木，没有一点儿表示嫌弃我的意思。

当时年轻，二十多岁，哪经过这种急风暴雨式的大阵仗，劈头盖脸，口诛笔伐，真是觉得什么都不可靠了，不可信了，只有倚在树干上，能让我感觉到这世界上还有靠得住的地方。

太庙里的古树，那一种令人肃然的沧桑感，也在昭示着我：打倒了，也别趴下，挣扎着，要活下来。好像在说，我几百年立在这里，什么风霜雨电没经过，什么暑热苦寒没熬过？还是一样继续存活着！

虽然，它什么也没说，沉默着，但那庄重自敬、从容不迫、卓立挺直、不苟颜色的精神状态，使我渐渐悟透这点儿启示。

犹如我的读书习惯那样，看看这本，又翻翻那本，我也喜欢坐在这棵树下，端详对面的那棵树，然后，换一个位置，再掉转头观察这棵树。每棵树和它的周围，构成一个天地。你走进这个天地里，你就和这个和谐的整体融合在一起。这些有了点儿年岁的古树，既不特别向你表示亲近，也不格外向你表示拒绝。树老了和人老了有相似之处，老人比较固执，老树比较倨傴，尽管如此，这对那时的我来讲，就是相当友善的态度了。

唯其感到可靠，不用提防背后突然的袭击；唯其感到可信，不必担心会兜头泼我一身污水。能在树底下得到这一份苟安，也就难能可贵了。后来，随着北京市的向外拓展，我们的住房拆了盖北京站，于是，我们便搬到城外去了。后来，我差不多有二十年光景被逐出北京，过着背井离乡的流放生涯。只要有机会回京探亲，只要劳动人民文化宫开放，我总是要在那些古树下稍坐一会儿，以看望长辈的眼光，尊敬地瞅着那些曾经慰我孤寂的老朋友。

直到我也到了白发苍苍的年纪，那顶帽子不翼而飞，才终于回到北京。然而，人老了，腿懒了，也不常过来拜访这些老友。只是每年的书市，挤到熙熙攘攘的人群里，买一些想买的廉价书。但热销的摊点，往往难以与年轻人比赛力气，半天下来，也着实劳累，便找个树荫下的长椅歇腿，重温我当年举目无助时的读树场景。

其实，一棵树，固然是一本书，但再往深处探究，更像一个人。

人，各有不同风采；树，各有独特个性。即使同一品种的树木，无论在山谷里林海起伏，在旷野里连片成群，在公园里彼此相邻，在马路上延绵不断，那也是形态相异，姿势不一，张弛收放，绝非一色。如果说没有两片相同的叶子，这世界上也找不到两棵完全相同的树。这和我们在大千世界里很难找到两个一模一样的人，是同样的道理。

我还记得，二十世纪五十年代，那时北京城里的人没有今天这样多，公园里的游客，非节假日则尤其少。坐在那里，看阳光下的树影慢慢移动的轨迹，心也就自然地平静了下来。树影渐渐拖长，渐渐淡化，渐渐消失，这时候，物我两忘，相坐无语，这种树与人的交流，也是相当惬意的享受。然而，人与人，在提倡阶级斗争的年代，却很难达到这样无隔阂、无歧视的境界。

这些太庙里的曾经慰我孤独的老树，也许看得多了、久了，它们的身影居然烂熟于心，如同老朋友那样，有一点儿变化便会觉察出来。树木如人，都是生命的载体，都有其生命的流程。因此，人的历史，是一本可读的书；树的历史，也是一本可读的书。尽管，人这本书没有树这本书厚实，但是，树这本书却没有人这本书复杂，这就是人和树的不同之处。

有的人，尤其有了一点儿名气的人，都会要顽强地表现出自己的存在，唯恐别人漠视，将他忽略或者忘却。最害怕的事情莫过于不把他当回事。而树木，在没有连根砍掉锯断之前，它的年轮，那一圈圈深深浅浅的岁月隐秘，都是密藏不露的。在其中所凝固着的它的一生，也许并不费解，可压根儿就没打算让人知道。

不想为人知，更不在乎人知或不知，这便是树的性格。

唯恐人不知，恨不能吵吵嚷嚷得满世界都对他大惊失色，这是人的性格。

微风轻拂之中，枝叶摇摆之际，听那窸窸窣窣的响动，你能感觉到树木也是很有灵性的生物，和所有老年人一样，大概也是很爱回首往事、感叹当年的。应该说，这些仍旧健在的太庙古树，至少见识过北京人从爷爷的爷爷那辈以来的往事：谁忽然红了，谁一下黑了；谁日前赢了，谁后来败了；谁拔份一时，谁窝脖一世；谁平步青云，谁乐极生悲；谁说胖就喘，谁盛极而衰……结果呢，时过境迁，斗转星移，谁也逃不了病的病、老的老、死的死、亡的亡这最终的句号。

而树，年年常绿，岁岁更新，继续存在碧瓦黄墙之中，经历着清朝的衰亡，民国的沿革，五四的启蒙，军阀的混战，日伪的占领，一直到共和国的建立。不管这其间，是显赫的或卑微的，了不起的或马马虎虎的，脚一跺地乱颤的，或蝇营狗苟、稀里糊涂过一辈子的人物，也不管怎么样地折腾，鼓捣，翻跟头，跳得天高，最终都有伸腿瞪眼，退出舞台的那一刻。

所以，读一读这些古老的树，能够多少参悟出一些人生道理。

古树与老人的相同之处是都有一份难得的历史感；不同之处，古树无言，老人要份。古树不在乎别人怎么看，苦日无多的老人却总爱跟世界较劲。这就是树和人的差别所在，树怕拔高，人不怕拔高，树拔高一寸，会死，人拔得天高，也是不会死的；有的人，初老尚好，犹知收敛，更老以后，灵性消失，感觉迟钝，精力不逮，思想麻木，便要做出不拔高不行，拔不高也不行的令人不敢恭维的尴尬事。

树比人长久，它能活到人的十倍以上的年纪。因为见多，自然识广，因为识广，自然看得要远。所以，巍峨庄重，枝根虬结，苍劲肃穆，气势不凡。在它周围，许多年轻的后辈树，映衬出它的老迈龙钟，也反托出它那种上了年纪的大度宽容。树和树相处，天空很高，大家一齐向上生长；人和人相处，地盘有限，难免就要磕磕碰碰。因此，读树以后再来读人的话，就会懂得老人再老，也不能因年纪的包袱而嚣张跋扈，同样，拥有优势的新一代，只有在蓝天白云的上升空间里才能大展宏图。

树老和人老也差不多，老人通常行动迟缓，老树通常也长得很缓慢；老人通常不那么活跃，老树通常也就不是很起劲地生长。那残断的枝丫，萎缩的树干，不太振作的针叶，留下了太多的时光痕迹，好像时间在古老的身躯里凝滞住了，使人肃然起敬的同时，也多少使人生出一丝惆怅。

往事已矣，过去的那些灰暗的记忆，就让其渐渐淡忘，渐渐消逝吧。

如今来到这座太庙，那满园关不住的春色，那一片郁郁葱葱，青绿苍翠，唱主角的已非这些前辈树木了，老树的光辉，已是昨日的事情。看来，还是年轻好。因为在成长着，意味着拥有时间；因为在成熟着，意味着来日方长，这就成为今天读树的新篇章。

所以，陆陆续续栽种的别的什么树，比起老树来，要生机盎然，要朝气蓬勃，显得生命力特别旺盛的样子。风一来，你可以听到那白杨树的硕大叶片或细细低语，或大声聒噪。也许生活就是这样一个后来者居上的局面，未来属于谁，谁就拥有最多的话语权，而徜徉在古树底下，就没有这一份热闹。

展眼望去，所见皆绿，欲与天公试比高的白杨，爬满了照壁瓦墙的藤萝，拥塞行路夹道的冬青灌木，花飞花落招蜂惹蝶的丁香海棠，令读树的我不禁觉悟，古树的缄默沉思、庄重成熟的状态，固然具有历史的魅力，但是，要没有这半个世纪种下的树木花草，仅凭那些爷爷辈的老树是构不成这一片苍葱凝碧的绿色世界的。正因为老树之外更多的是新树的出现，才形成这一片怡人景色。

其实，树的世界如此，人的世界又何尝不如此呢？看一看挤在书市里的人群，年轻人远远多于老年人，年轻作家的书远远要比老年作家的书卖得好，便知道文学的这种新人辈出的过程和树木的繁衍一样，是一种事物发展的必然。只有新鲜血液的不停输入，机体才会不断更新，焕发青春，才能后浪追逐着前浪，一浪更高于一浪，才能生气勃勃，气象万千。

买书，看压缩在书中的空间和时间；看树，阅读大自然，那可是活生生的大块文章。树的世界，人的世界，其实都在新陈代谢的进化规律之中。懂得这一点，无论是白发苍苍的老者，还是血气方刚的青年，都能达到“老吾老以及人之老，幼吾幼以及人之幼”的境界，就像园子里的这些新的、老的树木，融洽相处，和衷共济，社会的祥和氛围肯定会日益地浓烈起来。

历史总是要往前走的，那些懊丧，那些悔恨，那些苦痛，那些沉沦，就让它留在树木的年轮里，随风而去吧！

冲浪的乐趣

我喜欢大海，更憧憬逆潮而上的冲浪者。

我喜欢大海，并不因为生在海边，长在海边，对海洋有着与生俱来的深情；也不因为曾是水手，当过渔民，日出而作于斯，日入而歇于斯，产生的那种职业性的依恋；当然更不是因为那海洋的蔚蓝色彩让我对绘画存有欲望。我不是因为那海洋的辽阔而想引吭高歌，也不是因为那海洋说也说不尽的沧桑而生出诗人的浪漫，才对大海怀有那份欣喜、那份激动的。

一切都不是，我喜欢大海，说来其实是一个很简单的、纯系个人境遇的理由，我之所以憧憬浮在浪尖上的冲浪者，只是由于我在万仞群山中待过了太长太长的时间。我因为修铁路的缘故，几乎走遍了边远省份的大大小小的山，不知费了多少双鞋，生出多少厚茧，滴了多少热汗，更不知跋涉过多少山路，差不多消耗了我生命的一大半。

山沉默，海喧嚣。

山不袒露，顶多让你窥见其一个侧面，海不掩饰，欢迎你全身心地投入。海平面下不论多么莫测高深，但风平浪静那一刻，要多可爱，就有多可爱，要多温顺，就有多温顺。所以，海滨的沙滩上永远有许多观潮客，而能够登上高高的山顶观日出者，总是少数。

山，只有在你脚下的时候，有那么一点儿臣服的意思，于是，你顿时有种“一览众山小”的豪迈。但是，你千万别远望，肯定有更高的山在俯视着你，令你感到渺小。海辽阔，海无垠，但“三千弱水取一瓢饮”，你也就基本领略全部海的滋味了。

山，不想与你过多接触，壁立千仞，高耸入云，有一种警示你到此为止的威严。相反，大海磅礴，浪花跳跃，阳光下的海水闪烁着诱惑的光芒，那似乎在向你招手：朋友，欢迎光临！因此，一旦发现站在那一望无垠的海边，双眼不再四处碰壁时，那种开阔感觉非个中人能够理解的。你愿意看多远就看多远，你能够看多远就看多远，这畅快，这自由，这无拘无束，这水天一色、极目无穷的大视野，是在那抬头见山，低头见山，差一点儿会被大山碰着鼻子的局促狭窄环境里，无论如何也找不到的感觉。

从此，我找一切可能的机会接近大海，走向大海。当你迎着潮头，踏着浪花，溅着飞沫，湿着衣衫，被那扑面而来的分不清是水是雨，是风还是雾的混沌着的一切湮没的时候，你就和海洋融合在一起了，这份亲密无间，这份不分彼此的感情，是在群山中难以获得的。

傲立的群山，永远是冷冰冰拒绝的。所以，登山运动从来都是极坚强、极富挑战勇气的人才敢一试之。宽阔的大海，总是敞开胸膛，袒露它的全部。所以，围绕着海的运动项目，从航海到冲浪，也不知究竟有几许，吸引着人们投向它的怀抱。

海有它温柔的时候，也有它愤怒的时候，因为它无遮拦地展现自己，你可以把握住它。山是峻然的沉默，它奥秘地深藏着自己，所以它是叵测的，也是不可知的。甚至在它地下的岩浆即将冲决而出的最后一秒钟，也像此前千百万年一样的不动声色。

虽然，海水有一份咸，有一份涩，有一份腥，但更多的却是那难得的清新和温馨。所以，才有那么多的弄潮儿，乐于嬉戏于风口浪尖之上，呼号着，撕扑着，沉浮着，挣扎着，寻求那片刻的凌云直上的怡悦，腾云驾雾的心醉，飞越浪峰的飘飘欲仙，和达到顶峰时所不由自主产生出的，像风之神一样驾驭着大海的主宰感，那种人生难得几回搏的滋味，莫过于此时此刻体会得最为深刻的了。然后便是倾巢而覆、一落千丈的沉没，浪咽得你喘不过气来，水缠得你转不过身来，漩涡会要了你的命，沙石会要你付出代价。总之，你得到了，所以，你要付出；正因为你本来打算付出，所以，你也就能够得到。

这是一种公平的游戏。

也就是我最憧憬的冲浪了。

在这个世界上，几乎所有的运动项目无不以胜利结束赛事，很少像冲浪者最后总是以失败告终的。这似乎是很奇怪的行为，没有香槟酒，没有到达终点的掌声，没有世界纪录，甚至既没有严格意义的对手，也没有密切配合的队友，不论你在浪峰上多么出色地表演，最终滑板极可能离你而去，你极可能被巨浪吞没。尽管如此，人们仍乐此不疲地向大海冲过去。

我想，失败也许是冲浪运动的巨大魅力了。

正因为知道必然是一个失败的结局，也要去搏一搏，那显示出的不仅是一种勇气，而且更是一份庄严。

正因为并不回避这个失败的现实，而能在失败以前做出尽可能的努力，追寻到难得的极致。这种挑战精神，这种无畏意志，不也是任何一个有血有肉的人所应该具有的吗？

正因为知道要失败，敢于去尝试、去冒险，而且还知道，失败了以后，尽管可以重新开始，但等待着的也仍旧是失败，却继续奋斗下去，毫不气馁地一而再，再而三地投身到大海中去，这一往无前、不畏强势、略无踌躇、赴汤蹈火的搏斗，不也能使人体味到自己的存在价值吗？

这也许正是冲浪者前赴后继的原因所在了。

大海就在面前，若不是懦夫，谁能不憧憬这份冲浪者的乐趣呢？在生命的旅途中，试一试不怕失败的勇气，败而不馁，坚持不懈，继续奋斗，永不停歇，成功也许距离自己更近一些。

山永远在

一群人穿着鲜艳的登山服，在皑皑积雪的安第斯山间艰难地行进着。很少见到这样大规模的探险队伍，后来听解说，知道是南美洲委内瑞拉的盲人们，希望实现登山的梦想，正在崎岖不平的道路上攀登。那真是一次悲壮之旅，走出每一步路，度过每一分钟，完全以生命为代价。任何人看到这个画面，都不由得肃然起敬。

因为，他们活了一辈子，这座对他们来讲充满神圣意义的安第斯山，他们从来没有去接触、去实地感受过，这不能不说是一种遗憾。于是，就有了这次行程。盲人们每三个人结成一组，一个仍残存些许视力的盲人走在前面，两个全盲的在后边，他们三人通过手里握着的长木棒，联结成为一个整体，通过脚和手，实实在在地感觉这座大山。

安第斯山脉平均海拔为3000多米，最高峰海拔近7000米，对正常的登山运动员来说也是一次体能的极限考验。虽然有很多志愿者做后援，即使在可以使用驴子驮物的山路上，盲人们也是步履维艰，行进缓慢。那么，他们要想攀上最高峰，该是比登天还要难的事情了。

据电视台的报道，这支盲人登山队在短短的行程中，已经有好几位上了岁数的盲人，在风雪弥漫的夜间宿营，一觉睡去，再也没有醒过来，不幸将生命留在了安第斯山。于是，组织者便决定后撤，将登山计划放置到未来更合适的机会，做更充分的准备以后再进行。一些走得兴起的盲人登山队员，不免有些失望，最后，他们还是想开了。无论如何，他们开始了行程，尽管离峰巅还远，但是，终究迈出了第一步，是结结实实在安第斯山上的一步，是纸面上的计划化为现实的一步。他们对记者说："山永远在，我们还会来的。"

这实在是一句至理名言，对于未来，有目标和没有目标，是很不一样的。有一个奋斗方向，努力追求的结果，也许离那个目标尚远，但稍稍接近了一点儿的事实，便有了落到实处的心理回馈。"山永远在！"这句话很重要。有这句话，意味着还有登攀；没有这句话，也就等于说放弃、终止，也就不会再有奋斗、争取了。

在人的全部生命旅途中，除先知先觉的大智慧者外，都类似这些盲人在安第斯山的登攀，目标虽然明确，是那天穹里晶莹剔透的积雪笼罩着的最高峰，像琼楼玉宇一样，茫茫然，杳杳然，吸引着你的目光。但是，一步一步走到那里的途程，是平坦还是崎岖，是幸运还是灾难，是障碍重重还是一路顺风，是迷失方向还是峰回路转，所有这些突如其来，措手不及，随时发生，无法预防的事故、变化都有很大的不可知性。因为，这个世界上能够完全把握自己未来的强者，几乎是不存在的。所以，仅仅有“山永远在”这样的信念，是远远不够的。

人，需要远大的目标，宏伟的理想。古人云，燕雀安知鸿鹄之志！所以，燕雀只能在后院的草堆里，蹦蹦跳跳，叽叽喳喳，觅食一些籽粒。而鸿鹄，朝发苍梧，夕达北海，振长翮，一鸣而天下闻。有大志向，立大雄心，如果不能伴之以脚踏实地的决心、小处做起的耐性、水滴石穿的韧劲儿和沉着冷静的精神，山，当然永远在，那也恐怕永远是可望而不可即的目标了。

至少，在文坛，我们已经见识得太多太多，那些速朽的大师，褪色的文豪，贬值的作家，廉价的泰斗，谁不曾在报刊上，讲坛上，屏幕上，饭桌上，开出过多少空头支票啊！他们宣布过的，足以吓得人跌一个跟头的史诗般的创作计划，如果不食言的话，中国现在不知有多少荷马的《伊利亚特》和但丁的《神曲》了。

于是，想起了苏轼《东坡志林》里的一段《儋耳夜书》：

己卯上元，余在儋耳。有老书生数人来过，曰：“良月佳夜，先生能一出乎？”予欣然从之。步城西，入僧舍，历小巷，民夷杂揉，屠酤纷然，归舍已三鼓矣。舍中掩关熟寝，已再鼾矣。放杖而笑，孰为得失？问先生何笑，盖自笑也，然亦笑韩退之钓鱼无得，更欲远去。不知钓者未必得大鱼也。

东坡先生的悟道，倒也给我们一个启发。总是抱着一个宏伟的志愿，要到远处去钓一条大鱼而未必得，真还不如把眼皮子底下可以做到的事、做好的事，从纸上的计划落实到具体的哪怕是最初步的行动上。先切实可行地做起来，集腋成裘，聚沙成塔，抑或只是钓到一条小尾巴鱼，而不空钩，也比想抱一个金娃娃的奢望而得不着，最后竹篮打水一场空，要有实效得多。

如果委内瑞拉的盲人们就抱着“山永远在”的期望，坐在那里干等，而不行动，我想，他们与安第斯山的距离只会越来越远。

我赞成他们的精神，也赞成他们的信念，但我更赞成现在就做起来，能做多少，就做多少。荀子曰：“不积跬步，无以至千里；不积小流，无以成江海。”这是实实在在的道理。

辑三　风物谈

芥末堆

若和一位南方人谈北京这味小吃芥末堆，对方肯定感到茫然。

然而，那是一道很不错的开胃菜，当得上“价廉物美”四字。1949年我从南京到北京后，参加土改，首次在京郊老乡家尝到此味时，还没有细嚼，就眼冒金星，不能自已。芥辣之辣，是一种攻击型的辣，有一种被一拳打中鼻梁的痛苦感，从那以后，尽管每次都被击倒，但对此物却十分钟爱。

北京人说芥末堆的时候，我总在想，“堆”应该是“垛”，或者是“墩”，由于儿化韵的缘故，才读成这种样子的。这是北京独有的餐间小菜，属北京风味小吃的不怎么登得上大雅之堂的一种。老北京一说这三个字，就咂牙花子，露出很来劲儿、很过瘾的神气。

芥末堆的做法，似乎不复杂，在秋天大白菜开始上市的时候，价格比较公道，水分比较饱满，取那种白帮白叶、包裹紧绷的菜，去掉根蒂，往上十五厘米处，整棵切下来，上段留作别用，下段洗净，用开水略一焯，浇上芥末，置于器皿中，隔日即可食用。储存大白菜，总是深秋季节，早晚已经很有凉意，中午阳光充足时，还是蛮暖和的。饭桌上，有这一碟冷得冰牙、脆嫩可口、香辣冲鼻、直奔脑门的芥末堆，要是再来一口小酒，也可算是一件赏心乐事了。

芥末堆是平民食品、家常食品，尤其是大杂院内能够冬储大白菜的老百姓，而且必须是原住民，才有工夫和闲心，才有经验和体会做出这道惠而不费的吃食。芥末堆上不了大场面，满汉全席没有它列席的资证。我也不记得北京哪家上档次的饭店酒楼里的菜单上有芥末堆这一说。而且，非原住民，也就是外来的移民，不管在北京住多少年，也许喜欢吃芥末堆，但做芥末堆，未必有这份好兴致。

林斤澜先生常常自诩，他在北京已经住了五十年，深信自己怎么算，也是地道的北京人了。这恐怕是属于他个人的自我感觉，即使他再住五十年，在旁人眼里，也还是个温州老乡。正如他写了不少他那种京味小说一样，大家最记得住的，还是他的“矮凳桥”系列。

北京有矮凳，绝无矮凳桥，那种桥只是在他浙东老家那里许多小溪流上才架着的。汪曾祺先生也在北京住了许多年，还写过革命样板戏，京腔京韵应该是没有问题的。别人也许听不出来，我原籍是苏北的，最初几次见面，老先生那一口高邮西北乡卖梨膏糖的韵调，依稀可辨，马上产生出来“乡音未改鬓毛衰”的亲切感。乡土，对作家来讲，如小孩的胎记一样，是一辈子也抹杀不掉的。

可以这样认为，芥末堆是北京特味小吃。有的来京住久了的外来移民，若是也属于小胡同、大杂院、旧平房、筒子楼的民众，对卤煮火烧、麻豆腐、羊杂碎、炒肝、灌肠、艾窝窝、驴打滚、茶汤、油饼、果子（如今已不多见）、薄脆（现在似乎专门用于从天津引进的煎饼，不单独出售了）等等佳味，也会渐渐地接受、习惯，发展到欣赏、留恋，而且吃起来和原住民一样香。与芥末堆相匹配的另一特味，大概就是豆汁儿了。这是老北京人的可口可乐，一个外来移民，要是能够在吃芥末堆时甘之如饴，喝豆汁儿就焦圈时如饮醍醐，这说明他在北京住的年头够多，口味相当程度地北京人化，但一口气能喝下三大碗豆汁儿，不等于就是地道的北京人。

地域的隔膜，至少得三代五代以后，才会完全消除。在巴尔扎克的小说里，怯生生的外省人是被社交场合中的那些巴黎人看成乡巴佬的。可笑话外省人的首善之区的绅士淑女，上数一百至两百年，老祖宗不也是从外省来到巴黎闯世界的吗？中国也如此，晋人南渡，像王谢这样的豪门望族，在江南贵族眼里，蔑称之为“伧”，认为他们粗野卑陋，饮食是不堪入口的。有一次，南人到北人家做客，喝了一口乳酪，回到家，恨不能洗肠。但到了后来，这种地域差别也就逐渐淡化了。

北京的小吃，说实在的，我不敢恭维，就以早点来说，在花式品种上，北京不如上海，上海不如广州，早晨上班，万变不离其宗的豆浆油饼，我也快有半个世纪的“吃龄”了。尽管那厚如毯，软如绵，味同嚼蜡，永远也炸不透的大油饼，营养价值和卫生状况都不十分理想，却是北京上班族的至爱。一路走，一路吃，有时还举得高高地往公共汽车上挤，那没有沥尽的油珠，从纸上往下滴，真够一呛。

小吃，由于地域所形成的特点，人们对它的癖嗜，说到底是感情，而不完全由胃口在起作用。尤其当你离得生你养你的这块地域很远，想吃而吃不上的时候，更觉得那是一份无与伦比的美味。

于是，我想起了曹禺先生的《北京人》里的江泰，一位志大才疏、好吃懒做、夸夸其谈，还抱着满腹经纶无人赏识而怨天尤地、深感委屈的北京人，是当年北京城小胡同、四合院中吊儿郎当大少爷的典型。他的本事就是好吃，懂吃，知道到什么地方去吃。他认识北京任何一家馆子的掌柜，也认识任何一家馆子的跑堂，他能一口气说出北京城里十七种风味饮食。“正阳楼的涮羊肉，便宜坊的挂炉鸭，同和居的烤馒头，东兴楼的乌鱼蛋，致美斋的烩鸭条，灶温的烂肉面，穆柯寨的炒疙瘩，金家楼的汤爆肚，独一处的炸三角，以至于月盛斋的酱羊肉，六必居的酱菜，王致和的臭豆腐，信远斋的酸梅汤，二庙堂的合碗酪，恩德元的包子，砂锅居的白肉，杏花村的花雕。”我在北京也待了半个多世纪，江泰心向往之的这些京城美食大部分也品尝过，不过如此而已。

抗战胜利后，我在南京读国立剧专，很诧异那里的教职员工和高班的同学一律亲昵地称呼曹禺大师为万先生，原来，他曾在这座学校内迁重庆北碚和江安时教过书。教我们理论编剧课的沈蔚德老师，曾在当年《蜕变》首次演出中担任主要角色丁大夫，讲了一些曹禺先生在学校教书写作的情况，于是，我也渐渐理解剧作家的一番苦心孤诣了。

显然，沦陷了的古都北平，对万先生而言，那思亲返乡之念，那国破家亡之感，是流亡在大后方的北京人，或相当程度北京人化的北京人，一个共同的解不开的心结。所以，他才在剧本中，如数家珍地、一五一十地报出菜谱。这对每一位吃过、尝过、听说过、见识过的人来讲，那被拨动的心弦，会久久不能平静下来的。

所以，小吃虽小，它是一种文化，一种感情，一种地域的独特精神，一种使人们燃起生活欲望的催化剂。小吃蓬勃，证明生活美好，小吃丰富，说明日子充实。假如北京的小吃花样翻新，层出不穷，如同巴黎人那样夸耀他们有上千种奶酪而自豪，我想，芥末堆一定会像朝鲜泡菜一样走向世界。

北京的芥末堆，的确是道可口的小吃。

火锅季节

寒流光临，气温下降，满街落叶的北京城里，火锅季节便开始了。据传说，涮羊肉系元世祖忽必烈的创造，以其行军途中随时可食的方便而流传至今。清代乾隆皇帝开千叟宴，也是数百只火锅端上来让那些老人家大快朵颐。看来这也是“风吹草低见牛羊”的塞外风光，各族人民从来就有食膻啖肉的传统习惯。加之北邻朔方，风霜凛冽，积雪盈野，天寒地冻，于是乎，一锅沸水，氽入肉片，蘸上佐料，吃得七荤八素，便是数九寒冬里的一件赏心乐事了。

老北京梁实秋先生当年在台湾，回乡不得，思乡心切，写过一些他在北平涮火锅的回忆。若是他仍健在，要回到他的故乡一看，一定会大惊失色，大街小巷已全是重庆火锅的天下，我至今也弄不明白：何以凡四川味的火锅，一律挂牌为重庆，一色的麻辣烫，把京城人的舌头吃得浑不知他味？何以老北京的传统涮羊肉，已经拥有快一千年的历史，那风头竟被山城重庆抢了去？而且，过去火锅最早也得秋风萧瑟时才上市，现在，重庆火锅一年到头不歇火，即使三伏天，老饕们也挥汗如雨地围锅大嚼？

后来，我渐渐明白京城火锅何以不敌重庆火锅的秘诀所在了。原来，北京人的火锅只有一项主料，那就是羊肉片，偶尔有羊肝、白叶、散子之类，佐以白菜、粉丝、糖蒜，只是在羊身上大做文章。而重庆火锅，则是海陆空俱备，凡天上飞的，海里游的，地上跑的，河里爬的，尢不可以下锅，无不可以入口，其丰富多样，其新鲜别致，其奇特感觉，其花样翻新，再佐以麻和辣，以及烫，那强刺激，任是铁石人，也会吃得过瘾无比，解馋无比。于是，锅旁乘着酒兴，戏作一联曰："料好，火旺，工细，锅中融八方佳品；汤醇，味美，鲜新，火上聚四海奇珍。"如果还要横额的话，想来想去，最合适的词语莫过于"有容乃大"这四个字了。

有容，是自我力量、信心的体现，岂止火锅如此呢？做学问，写文章，办事情，交朋友，兼收并蓄要比故步自封好，博取能容要比狭隘自闭好，胸襟开放要比拒绝接触好，敢于尝试要比自我设限好。海之所以伟大，就因为她有纳百川之量。大概有鉴于此，如今，北京的涮羊肉火锅，其内容也日见丰富多样起来。由此可见，鲁迅先生提倡"拿来主义"，便是我们生活、学习中时刻要牢记的座右铭了。

饮茶粤海

这次到海南去，竟有了一次奇特的饮茶体验。

毛主席诗云“饮茶粤海未能忘”，只不过是一次与朋友交游的记忆。但他把“饮茶”与“粤海”连在一起，却实在是很有道理的。至少，在汉族居住区内，若论饮茶，大概要数岭南人最当回事、最正经八百的了。“柴米油盐酱醋茶”这开门七件事中，有的地区，茶属于有也可无也可的东西，独五岭以南，不进茶楼，不喝早茶，那一天恐怕就不甚开心了。

尤其，潮汕一带的工夫茶，更是深入人心。若论茶道，我们这茶的祖国，稍可与一衣带水的邻邦比美的，也就是得靠潮汕人争回一点儿面子了。所以，饮茶必粤海，到岭南不饮茶，则有虚此行了。

那次在三亚，一行人喝了早茶以后，去逛天涯海角。是日，晴空万里，烈日当头，也许是一种心理作用吧，好像在那无遮无盖的海滩上，有离太阳更近一点儿的感觉。说来也许有点儿夸大其词，那炙热的阳光照在身上，真似针扎一般。在北方，即使“赤日炎炎似火烧”的三伏天，也不会产生这种很强烈、很亲切的甚至有点儿受不了的感受的。这让我们感受到了太阳的威力。那阳光是不可阻挡的，似乎能穿透皮肤，直射五脏六腑。

三亚，大概可称得上是阳光之城。

于是，一个个口干舌燥，焦渴难当。而渴比饿，要更难忍。虽然有杧果、木瓜、波罗蜜之类的热带水果，奈何糖分太高，可顶饥而不甚解渴，加之价值不菲，小贩敲起外地人竹杠，也颇不留情。这样，回来的途中，遂有了一次在海南喝到了宁夏盖碗茶的经历。

饮茶粤海，喝的却是西北风味的茶，也算一趣了。

一个人，真正地渴起来，如果是那种从心灵上感觉到的渴，绝不是什么矿泉水、可乐、雪碧之类能够解除的。这类饮料，润润嗓子犹可，但要止渴消燥，祛火静心，老实说，一个中国人，一个不那么西化、不那么新潮的中国人，唯有喝茶，唯有喝地道的茶，唯有喝滚烫滚烫的茶，方能吐暑热闷郁之气，得身心舒畅之快。

鲁迅先生讽刺过：“有好茶喝，会喝好茶，是一种‘清福’。不过要享这‘清福’，首先就须有工夫，其次是练习出来的特别的感觉。”这种喝茶人，我想我大概算得上是一个，有什么法子呢？生平无他好，唯嗜一盏茶。虽然鲁迅先生的文字中微有贬义，但我确实如此，何必规避呢？尤其这阳光，这暑热，自然非常非常地想喝茶了。那天能喝上地道的盖碗茶，而且由喝茶又悟到了一些什么，还真得感谢张承志呢！他因事未去天涯海角，便约好了钟点，在途中的一个路口等我们。我们享受了大海和阳光以后，在回程的路上，发现他果然在那里喝茶“恭候”着。

“好茶！”像是在沙漠里发现了一块绿洲。

这个路边的苇席棚里的小饭摊，是一对回民小两口经营着，他们是从千里之外的宁夏到海南来谋生的。还带着西北人的拙直，言语朴讷，连顾客上门一声该有的招呼也不打，但端上来的盖碗茶却透出十分的亲切，因为一下子把干渴的沙漠和炽热的海洋拉近了。揭开碗盖，不是乌龙，不是菊普，当然更不是雨前毛尖、龙井云雾，而是古老的盖碗茶。那浮着的红枣、枸杞，那沉在碗底的桂圆、冰糖，那忽上忽下的茶叶，那渐渐成为琥珀色的茶水，那醉人的甜香和那粗茶才有的野味，还未品尝，暑意便先消去一半。然后，水沾唇边，那舒适，那滋润，那流向心头的温馨之感，不但解渴生津，补气提神，而且顿觉天高海阔，心情舒畅。那干渴得七窍冒烟的火气，早飞到爪哇国去了。

过去，那些西出阳关的人，千里商旅，寂寞行程，守着篝火残烬，看一弯眉月，挂在戈壁夜空，喝一碗这样滚烫的茶，乡思化为清梦，于驼铃中悄然入睡，不也是旅之乐乎？现在，天高云淡，海天一色，与承志、陈村、马原、甘露几位同行，还有《羊城晚报》《新民晚报》两位老记，加上海南的东道主，天南海北，谈笑风生。正如清人廖燕在《半幅亭试茗记》所写“客之来，勇于谈，谈渴则宜茗……汲新泉一瓶，篝动炉红，听松涛飕飕，不觉两腋习习风生，举瓷徐啜，味入襟解，神魂俱韵”的舒适一样；正如清人郑板桥在家书中所写“坐水阁上，烹龙凤茶……真是人间仙境”的怡悦一样，不也饮茶得趣，而兴味盎然吗？

说实话，我在喝茶习惯上趋向于保守，不大爱喝放进各种辅料的茶，既然饮的是茶，就应该品味茶的本身，而不是其他。但那天，我真被张承志推荐的这盖碗茶征服了。其实，读明人小品，如陈继儒《茶董小序》，其中谈到宋人喝茶，不但放进这样或那样东西，而且放在小炭火炉上炖煮的。他说：“新泉活火，老坡窥见此中三昧，然云出磨则屑饼作团矣。黄鲁直去芎用盐，去橘用姜，转于点茶，全无交涉。”苏东坡的“贵从活火发新泉”，还要煮到“蟹眼已过鱼眼来”的沸腾程度。如今中原人都是冲茶、沏茶、泡茶，哪有煮茶这一说呢？但边疆少数民族，例如蒙古族的奶茶、藏族的酥油茶，还保留着这种喝茶的古风。有人去过西非，像摩洛哥，也是煮茶，还要放进薄荷叶什么的。所以，延续了古人喝茶余风的，严格地说，是数不上我们这些中原人的。因此，眼前这盖碗茶里的香甜之物，要是寻起根来的话，说不定倒是继承了宋人黄庭坚的“去芎用盐，去橘用姜”的做法。那么宁夏回族的盖碗茶，也许更古色古香，更老牌子呢！

当然，古老的饮茶方法未必是尽善尽美的，再如日本的茶道，如潮汕的工夫茶，还有一点儿繁文缛节之弊。但好像大家都觉得有它不多，无伤大雅，并没有人弃之若敝屣的。同样，时尚的、新潮的、刚出炉的，甚至只是尝试尝试的，或者索性标新立异的，如袋泡茶，如即溶茶，如易拉罐茶，如健身、强壮、减肥茶，也似乎从来没有人以自己的口味去急忙否定。

于是，忽然想到，饮茶的天地其实是相当宽泛、相当宽容，甚至是相当宽宏的。饮茶的人，那心胸就像眼前这广阔无垠的南海一样，半点儿也不狭隘，更不具有丝毫的排他性。你喝你喜欢喝的茶，我喝我喜欢喝的茶，从来不见一个人会武断到这种程度，只许喝我喜欢的茶，否则，就视为异端邪说。也没见过一个蠢人，只认为自己冲茶泡茶的方法为正宗嫡传、真王麻子，而别人都是冒牌货、假王麻子。也从来没听说举行过喝茶比赛，谁是饮茶冠军，谁是喝得最多的饮驴而上了吉尼斯世界纪录。其实，文学又何尝不如此呢？搞得再花哨、再新潮，搞得哪怕和外国人一模一样，又如何呢？到头来，还是老祖宗留给我们的这副脾胃，只能克化属于这块文化土壤上生长出来的一切。开开洋荤可以，浅尝即止可以，顿顿如此，天天如此，那脾胃肯定要抗议的。所以，喝茶求其平和而又平淡，这大概就是明人文震亨在《香茗》里所说的，“第焚煮有法，必贞夫韵士，乃能究心耳”的茶品了。

也许，茶，这种地道中国的饮品，还具备其他各种饮料所没有的洗濯心灵的作用吧。所以，喝茶的世界，是最融洽、最和衷共济的了。因此，我想，在文学这个范畴里，或者，推而广之，在一切学术文字领域里，不是怒张其目，暴突其睛，粗涨其颈，喷吼其声，而是心平气和地探讨学问，追求真理，岂不是不亦乐乎的事吗？

这就是才不久“饮茶粤海未能忘”的一点儿体味了。

风筝的回忆

又到了放风筝的五月阳春天气了。

看到别人扯线拉绳，风筝远飞，心就由不得地激动了。于是，那个在空中飘曳着裙衫的美人风筝，和那个聪慧的扎风筝的女孩，这些儿时的回忆，便像永远的梦，立刻涌现在眼前。

也许因为人们的脚总是踩在土地上的缘故，想象的翅膀无论怎样展开，怎样腾飞，也离不开我们的这个地球，所以才想出了那扶摇直上的风筝吧？也许那飘然的风筝，多少象征着思想和感情的飞越，于是随着它的翱翔，自己的心也仿佛飞上了蓝天，能够暂时摆脱人间的烦恼，这才使大家对风筝怀着盎然的兴味吧？

在城市里长大的孩子，特别像我童年时，生活在上海那闹市区的环境里，是与风筝无缘的。顶多在弄堂里，在可见的狭窄的天空里，用一根细线，扯一张薄纸，跑十几步罢了。只是偶尔随大人到了乡下串亲访友，才知道世界并不总那么拥挤的。空旷的地方多了，游玩的地方大了，加之那蔚蓝的天、洁白的云、醉人的风、遍地的油菜花，自然也就轻松了。尤其在看到别的同龄孩子，都赤着脚在田野里奔跑着、欢笑着把风筝送上天的时候，我除了羡慕外，真留恋那个我们来做客的，有个小姐姐的家。

我看他们手中的绳轴吱扭吱扭地响着，线绳一阵紧、一阵松地扯动着，于是，风筝便愈飞愈远，也愈来愈分不清是蝴蝶，是彩燕？是飞龙，是蜈蚣？一直到成为高空里的黑点，定在那儿，那便是放风筝人的至高境界了。他们便躺在堤岸上、田埂上，唱一些小调，我多么盼望碰一下那绷得像琴弦似的线绳，让自己也能像他们一样快活而自在啊！

这时，那个在河边洗衣服的，我应该叫作小姐姐，其实比我大不了多少的女孩，向我招手。也许，她从我失落的眼神里看出了我的愿望，放下手中捶衣的木杵，便要带着我去放风筝。当我和她抬着那不但从来没放过，甚至也没见过那一人来高的漂亮风筝，那恐怕是我童年最大的喜悦了。那些放风筝的孩子都跑了过来，一齐帮忙，才把这个月份牌式的大美人送上了天。我从小朋友的嘴里，才知道这风筝，是她那双煮饭洗衣的手做出来的。

我向她说："小姐姐，你给我做一个风筝吧！"

没想到她把绳轴交给了我。"你要是回家去，就这样找人帮你放上天去！"

我有点儿不相信我的耳朵："小姐姐，你这风筝归我啦？"

"你喜欢，你就拿去好了！"

那是我第一次正经放风筝，而且是放的一个属于我的风筝。因为那美人似乎很想乘风飞去，我得拼命拉住，才能使她停在空中，在那里仪态万方地飞舞着。所以，这也是我第一次尝试到把握住的快乐和可能一去不归的威胁交织在一起的紧张心情。

我拉着小姐姐因劳动而粗糙的手，跑啊跳啊笑啊，一直到天色黄昏。

但是，临走的时候，大人不让我带回那个美人风筝，倒不是考虑在闹市区没有可放的空间，而是想到他们不可能有时间和功夫，陪我把这大风筝送上天去。小姐姐看到我泪眼汪汪的样子，便说："我替你留着，下回来的时候，再一起放，好吗？"

我点了点头，答应了。她本是小孩子，和我拉了拉钩，算是说准了。

好容易等到第二年的春天，我和家里人又到乡下去的时候，在那条小河边，再也不见那位小姐姐的秀美影子。当听说这个心灵手巧的小姐姐，因为家中人口多，为了省一个饭碗，她爹娘把这其实还是个孩子的小姐姐嫁到外乡，给人家当童养媳去的时候，我有生以来第一次感受到失去心爱的一切，是怎样一个苦涩滋味了。

我屋里屋外地寻觅着，问了她的弟弟妹妹，连她要送我的那个风筝，也好像被人们遗忘了。也许，她带走了这只美人风筝，那当然不可能，但我打心眼里愿意小姐姐永远珍藏着，因为这风筝也许是这个没有童年的女孩，在童年时代唯一的精神寄托了。

此后，真像断了线的风筝一样，我再也没见过她。只是每年刮起和煦的春风，风筝上天的时刻，就会想起倒映在小河里那张童稚的女孩面孔。而且，从那以后，我再也没有放过风筝。当然，也并非信守什么诺言，而是往事如烟，夫复何言，不过对那个没有童年的童年时代一种无奈的抗争罢了。

如今，我真想让那些悬在天空的风筝，告诉所有幸福的孩子，童年短暂，珍惜这宝贵岁月的每一天吧！这机会并不是每个人都能享有的。

我想：小姐姐若还健在，她一定会赞成的。

一曲难忘

我曾经写过一篇题名《月食》的短篇小说，那是十多年前的事了。在这篇作品里，我写了一个叫“羊角垴”的太行山深处的村寨，还写了一个心地善良的郭大娘和她的养女，忠诚地等待丈夫归来的妞妞，以及妞妞的女儿，开拖拉机的心心。这些山村人物形象自然和生活中的原型很难绝对相符，但羊角垴这针鼻大小的村寨，却是真实的。对我来说，这三个字不同一般，因为它意味着对于人生的悟性，所以我在写《月食》时，便把这个名不见经传的山村写了进去，留下一个久远的记忆。

羊角垴，这个水比油贵的山村，我是永远不会，也不能忘记的。

在这以前，我只有江南一带水乡生活的体验，虽不多，但那阡陌连横的水田，那一碧如洗的湖荡，万顷芦花，半池莲菱，风车咿呀，白帆点点，给我留下深刻印象。烟雨迷蒙，水天一色，绝对是一个水的世界。我完全想不到，世上竟有如此严重缺水的山区，全靠上天的恩赐，老天爷一年所降的雨雪，便是这一年赖以生存的全部水源。

我很惊讶山民坚韧的毅力，祖祖辈辈厮守在这偏僻穷苦的山窝窝里，凭一点儿积攒起来的水，撙节使用，居然活得结实活得泰然，而且毫无怨天尤人的愤慨。

羊角垴，户不过十，人不满百，若不是一个叫“盆爷”的老汉放几条羊，躺在青石板上唱他的梆子腔，或许我还找不到这个藏在山缝里的小村寨呢！

翻一山又一山，山山不断，过一岭又一岭，岭岭相连……

当你走了许多越走越陡的山路以后，腰酸腿疼，累得要命的时候，当你汗流浃背，舌干口燥，阳光晒得头晕眼花，渴望有一口水喝的时候，当你受到太多的伤害，周围人报以白眼，而感到真正孤独的时候，这高亢的苍凉的还多少有些沙哑的歌声，让你立刻意识到，那将是一口泉，一口井，一碗酽酽的大叶茶。于是，无论多累多渴，也会迎着那韵味十足的梆子腔，寻找过去。

或许是人烟稀少、交通阻绝的缘故，或许是羊角垴民风纯朴淳厚的缘故，只要你进了村口，在那块歇脚石上坐下来的时候，便成了全村人的亲戚了。这种温馨的感情，即使在三十多年以后的今天，回想起来，仍觉得那样热乎乎的。

后来，我悟到，日子过得清苦，同情心并不匮乏，可以说得上一贫如洗、度日艰难的羊角垴，对一个外乡人，并不因为我落魄潦倒，而减弱一点点待客的热情。我始终记得，盆爷（我觉得他实际上等于是我精神上的教父，一个天生的乐观主义者）让他老伴把那珍藏的芝麻扔进烧制的锅里，炒熟，碾压出油。然后倒下南瓜、白薯，再加上玉米面，煮出一锅香甜酥糯的糊糊。而且绝不吝啬地东家一碗、西家一碗地端着分送出去。因我是盆爷家的客，全村人也就陪我一起享用了这顿美餐。

从此，我知道，羊角垴不但缺水，还缺油、缺粮，如果我附带说明一句，这是1958年秋天的事情，也许并不奇怪缺这缺那了。历史的这一页早翻了过去，但羊角垴给我的启示，却留了下来。

那时，我落在了一个极不愉快的处境里，如今时过境迁，我完全能谅解当时我周围的人所给予我平白无故的伤害，自然能想得开何必去责怪谁。“过去就过去了，日子还长着咧！”这是盆爷的话。“有水能活，没水也能活，雨水大了，瓜倒不甜了，是这么个理不？”这是盆老伴的话。因此，一个人在写自己历史的时候，没有一些豁达，没有一些宽容，没有一些从长计议的乐观精神，恐怕就要陷入自己跟自己过不去的烦恼之中。

那时，我年少气盛，二十几许年纪，是很难忍受得下像《水浒传》里所说的那种“鸟气”的。于是，缺乏深思熟虑，也未计较后果，抬起脚来一走了之。正如一位伟人说的那样，一个人连死都不怕，还有什么可怕的呢，至今我也不后悔那种鲁莽的勇气，至少敢于说不。但我念念不忘那小小的山村，除了使我领受到“人间自有真情在”的充实外，在燃点松明子，听寒号鸟鸣叫的夜晚，我觉得我悟到了，在未有穷期的人生搏击过程中，能进行韧性的战斗，不屈不挠地朝自己的目标接近，才是真正的生存艺术。

羊角垴真小，也真闭塞。山外边发生些什么事，不能说了然无知，但也都是语焉不详，说不上子午卯酉的。

我对他们讲了我的情况，我是怎样一个应该白眼相待的人。他们盘问了半天，端详了半天，至少半村的人在盆爷的院里老枣树下（那株树上有个放门钥匙的洞的细节，被我写进了小说里），半蹲着看热闹。我不了解他们为什么宁肯采取这种他们称之为“圪就”的姿势，而不愿坐在放在院里的小凳或木头疙瘩上。对在城市中长大的我，尤其感到新鲜的是盛糊糊的海碗，真无愧这个“海”字，容量足有3000CC，端着它从村头吃到村尾的那份快乐自在，也着实让我羡慕。

随后，家长里短，父母妻子，夹以对北京好奇的许多问题，乃至于早先朝廷里的事情，即使讲上三天四夜，也满足不了山民们想知道的一切。除了盆爷见过汽车外，很难给他们讲明白乘坐火车来到山外那座小城的经过。我在《月食》中写了一个当过优秀拖拉机手的姑娘，但我怀疑，时至今日，拖拉机是否能开到羊角垴？恐怕也未必吧！就这样谈到太阳下山，月亮升起，至此，大家判断我起码是个心地并不坏的好人。不知谁在树影里叹息，哪个庙里没有屈死的鬼啊！

这种真诚的同情和信任，是那时在别处绝对得不到的。我也在想，或许他们懵懵懂懂，对于时局的无知吧！但后来，盆爷和别的乡亲不止一次来工地看望过我，直到我们这支施工队离开太行山，还请人给我写过信。

山村人通常日出而作，日落而息，尽量不点灯的，因为煤油要到十几里的山外集镇上去拿鸡蛋换，一般燎一燎松明子也就够了。那天显然因为我的出现而晚了，于是盆爷让年轻后生上树晃枣儿给大家垫垫饥，随落随拣随吃，欢声笑语，打破了夜的寂静。让我情不自禁的，无论大人小孩拣到了枣儿，都先尽着我。当然，这也许是客情，但我忍不住地热泪夺眶而出，好在天黑，谁也不会在意我一边嚼着甜枣，一边索性任它流去。人总是在艰难的日子里，才体会到友情的可贵，我敢说，那是我一生中吃过的最甜的枣儿。

正是由于羊角垴严重干旱缺水，枣的含糖量高到竟能拔出缕缕糖丝。挂着红灯笼似的满山柿树，有一种若鸡蛋大小的名叫“蜜罐”的柿子，咬上一口，果如其名地甜到心里，还有那种“糖瓤赛蜜”的红薯，我在《月食》里很郑重地写上一笔的。因为不仅使我领受了口腹之美，领受了乡亲们一片不见外的心意，更重要的，这枣，这柿，这“糖瓤赛蜜”的红薯，还有厮守在这块土地硬磨硬熬的羊角垴人，使我懂得，被生活压倒了的人才是真正的软弱，逃避也不是强者的勇敢表现。

次日，盆爷陪我下山，他帮我背着乡亲送的干枣、柿饼上路，至少有好几位腿脚利落的后生，送到好远才止步。剩下我俩的时候，我好奇地问，他们为啥叫你瓦盆老汉?

他呵呵地乐了，山村风俗，孩子落生所听到的第一声动静，便是叫一辈子的小名。很显然的，卖瓦盆的叫唤给刚来到人世的他，留下了这个雅号。他不在乎，想得开。“叫俺瓦盆，就是瓦盆了吗？”这时候，我觉得他很像一个充满智慧的老人，他说：“瓦盆咋的啦，这几十年磕磕碰碰，不也没碎没破没掉块碴吗? 你看这些个石头缝里长出来的树啊，草啊，不也头顶一片天，活下来，活得结实，活得精神，活得谁比谁差啊！”

他指着在极少水分养料的石头缝里生长出来的爬山藤、接骨木、枸杞子和什么菟丝草，显然是在给我鼓劲。我根本不认识这些野生的草木，即使他一一地告诉了我，现在要让我去分辨的话，也还是分不清楚。不过，我对这些生气勃勃的、没有任何萎谢、没有丝毫凋零的每一枝、每一叶所表现出来的振作印象深刻，它们没有一个耷拉着脑袋，没有一个像我这样垂头丧气。

这是山的世界，但同时也是岩缝里那些草那些树的世界，我为什么不顶着我头顶上的天，挺直着活呢?

天高云淡，盆爷兴致上来了，又引吭高歌，满山回响，还是我来时听他唱过的那段梆子腔。

翻一山又一山，山山不断，过一岭又一岭，岭岭相连……

其实，生活的路也是这样没有尽头的，就看敢不敢迎接挑战，义无反顾地走下去了。

羊角垴和这支在羊角垴听到的梆子腔，我怎么能够忘怀呢？

苗歌

苗乡多在景色宜人的山水之间。

山总不太高，水也不恣肆汪洋。浅浅的一湾碧波，映着天上的白云和梯田无穷的绿，缓缓地流着。

伴着汩汩的水声，便总会听到这山或那山的歌声。

我不敢说听过许许多多的歌，但从未听过如此自然的歌，本色的歌，发自肺腑真情而绝无矫揉造作的歌。

后来，在舞台上，在脚灯前，即或是同样的苗歌，同样的民族歌手，我再也找不到在苗乡听到过的韵味。

只有那山那水中引吭一曲的苗歌，才最动听。

也许苗族是一个歌唱的民族，从出生唱庆生的喜歌开始，一直到恋爱求偶，成家立业，生儿育女，养老送终，乃至于春种秋收，逢年过节，迎亲送戚，婚丧嫁娶，无不是在苗歌的伴唱下进行的。真可以毫不夸张地说，时时有歌声，处处有歌声，从清晨太阳爬上山巅，到月亮挂在树梢，甚至吹灭最后一盏油灯，还有母亲哄婴儿入睡的催眠曲，陪你进入梦乡。

天籁自成，是无法记下来的。我也尝试过，一变成纸上的音符，那神韵便荡然无存了。

苗歌的旋律通常是悠扬的、平缓的，音阶的跳跃不是很强烈的。但尾声永远是高亢清冽，拖得很长很长，在山谷间回荡。余音绕梁，三日不绝的境界，我只是在苗乡才充分体味到的。

他们好像人人都具有一份歌唱的天赋。

尤其女性，那歌喉，使人想到那潺潺流淌的发出金石之声的小溪流。

那时，我像转蓬似的漂泊到苗岭来，虽然生活给我带来了许多折磨，可也给了我一个闻所未闻、见所未见的陌生世界。因此，我感谢命运对我的安排。

我记得，有一种叫作“摇马郎”的很隆重的“仪式”（这个词语也许不甚恰当，但我觉得这种自远古流传下来的男女“游方”聚会，确实是属于年轻人的相当庄重的择偶大事，也是寨子里的全体成员，视为天经地义的繁衍子孙的福祉），从某种意义上说，“摇马郎”倒是比汉族的媒妁之言更接近真正的自由恋爱。直至今日，我也不明白“摇马郎”在苗语里，是单词呢，还是“摇”作为动词，“马郎”作为名词的一个词组呢？在这个充满爱情和欢乐的聚会中，表达感情的唯一手段就是唱歌。从头唱到尾，直唱到一对情侣无须再唱时为止，因此这种“摇马郎”会，也等于是一场歌会。

通常都在农忙过后的闲暇日子里，才有这种“摇马郎”的仪式。傍晚时分，便有三个五个，或十个八个外村的男青年，来到寨子对面的山上，等待女孩子来和他们“摇马郎”。事先也无任何约定，谁和谁也未必相识，但这绿树掩映、碧草如茵的山坡，确实是苗乡男女播下爱情种子的地方。

每个寨子都有这片固定的，叫作“马郎”坡的林草茂密、风光旖旎的场合，一般选择在寨子对面的山坡上。苗寨的建筑和他们的梯田一样，一栋一栋的木屋顺着山的走势盖上去。所以对面山上的小伙子们公开的、毫不忸怩的“哦哦”呼唤声，寨子里的人家没有听不到的。于是，那些事实上也在等待着的本寨子的女孩子，便也三三两两地从寨里出来迎接。当然，从还看不清对方长得是个什么模样时，就用歌声来交流了。

苗乡的自然村多半是宗族聚居，常常一个村子都同姓，因此这种异姓婚姻是符合社会进化规律的。所以，在这个“摇马郎”的季节，只要有外村的男青年站在对面山上，或拍手，或呼唤，上了年岁的妇女，总是要催家中的女孩子去应对的。愿意也罢，不愿意也罢，冷落求婚者的盛情，不仅仅是礼遇不周，更是有违祖先的神圣传统。说是一种“仪式”，大概不错。

于是，他们先在两山之间的河旁桥边通过歌声渐次地靠拢，而你一句我一句地对唱，则是初初的接触。不甚如意的话，也可以换一个对象来唱，这绝对是自由选择，不存在丝毫勉强。若是觉得尚可情投意合，便有一番愈益热烈的歌声交锋。这时，男女双方的距离也由原来的百十米，缩短到二三十米。

苗语属于汉藏语系的苗瑶语族苗语分支，和汉语完全不是一回事，我是怎么也听不懂他们唱的内容。也许苗语的多韵母的特点，适宜于歌唱，尤其鼻辅音，更增加了一种魅力。我捺不住好奇，如此优美的歌声，必然是像《阿诗玛》《信天游》《百鸟衣》那样，不知该有多少充满诗情画意的歌词呢？于是，求助于我熟识的和我一起劳动的当地民工，请他设法翻译给我听。

这时候，天色昏暮，月明星稀，来到“马郎”坡上，那捉对儿的情侣，已经近到或倚树而立，或田塍就座，当然还是在唱，不过曲调中少一点儿亢奋，多一点儿缠绵，两情依依，难舍难分。我是属于孤陋寡闻的那类人，所见甚少，但我却相信，再比不上在“马郎”坡上的恋人，那样大方、自然和坦荡的了。

“我们走过去听——”

“小雷，那不合适的！”

这个叫小雷的年轻人笑了，也许他觉得汉族把男女之私看作隐秘，不可理解吧，拉着我登上“马郎”坡，从一对对情侣面前听过去，我发现，并非来谈情说爱的观众还正经不少呢。可那些挨靠着亲昵的男女，根本只当谁也不存在地相互唱歌。那歌声到了定情的时刻，从心底流泻出的灵韵，此起彼伏，忽高忽低，回响在山林里。我敢说，这才是真正的爱之歌。

我真不该让小雷逐句翻出来，留在记忆里一个永远的完美，该多好！想不到当时的社会生活如此楔入在恋爱中的男女，那些从情人嘴里唱出来的，不是比兴，不是抒情，不是海枯石烂，而是一问一答，你家的成分高不高？你是不是“红五类”？你们家有没有柜子和床？是农业人口，还是非农业人口？……

那么动听的旋律竟唱着这样太现实主义的词句，我呆住了。

后来，我到小雷的家里去做客，他妈妈从稻田里捉来鲫鱼款待我，那种用酸菜水煮的鱼，可算是苗乡佳肴。肯定小雷当笑话讲给他妈听，在“马郎”坡我对歌词如何失望的事。她乐了，她说，她们年轻时不唱这些的。

我让小雷问他母亲，那时唱什么呢？

这时，一直坐在门口竹椅上的小雷的奶奶，至少也有八十岁了吧？竟颤颤巍巍地唱了起来，这正是鸟回巢、牛归栏、荷锄人背着夕阳踏进家门的时刻，老奶奶的歌竟然使那么多的乡亲伫立倾听，她那喑哑的嗓音，已经连不成整句的歌词，使显然并不年轻的小雷妈妈也焕发出回返青春的光泽，以致激动得泪花莹莹。

“小雷，你快翻成汉话，行吗？”我拉着我朋友的袖子，轻声地求他。

他也听得如痴如醉，试着翻了两句，前言不搭后语，他只好承认失败了：“不行不行，太深了，我一下想不出汉话是怎么讲的。”

这也许是我听到过的最美的一首歌，可惜没有歌词。从那以后，我相信美文不可译的真理。我也不再遗憾，是小雷的奶奶为我唱的，她要我明白，什么才是苗歌。

有一天，一行唱着歌的队伍从我劳动的地方经过。

是一个喝得醉上头来的年轻人，挑着粑粑和年节的礼物在前面趔趔趄趄地行走，后面是送行的他的丈母娘和几位陪伴的婶子大娘。从寨子里出来唱到我们工地，至少也有两三里路，居然还有那么多可唱的。我把小雷找到，让他听听，都唱了些什么。

小雷说，“不过是些大白话！”

“你说给我，好吗？”

他翻译了好几句，至今我还记得：

你好好地走吧，你还要回来的！

这是那几位送行人唱的；跟着那个有点儿酒意的年轻人唱着回答：

我会回来的，可我不是还要走吗？

喝得步履蹒跚的他，接着唱下去，不过调门愈发地忧郁了，还是重复那句唱词：

我会回来的，可我，不是还要走吗？

虽然是大白话，然而又不是大白话。我也不知道，为什么隔了这么多年，还记住了这两句苗歌，也许，它包含了得失去留的人生况味吧！

说十

到功德林吃斋饭，有一道菜通常是少不了的，那就是素什锦。所谓素什锦，就是用黄花、木耳、香蕈、豆丝、腐竹等主料，投入锅中，用香油炒制而成的素菜。但菜的成分一定要够十种，才能算什锦。于是，胡萝卜、冬笋、青豌豆、香芹、面筋之类，也都是凑数入选之料。

外国人类似的菜，例如蔬菜沙拉、水果沙拉，也是将多种同类项的材料混杂在一起，浇上沙拉酱，端到桌上来的。但绝不会一定非要放进十种材料不可，多几种，少几种，是无所谓的。

对于“十”这个数字的过分在意和过度的敏感，是纯属中国人的文化心态。十分的满意，十足的成色，十成的收获，十全十美的结果。十成了中国人心目中一种临界的极致境地。于是，扩而大之，中药的十全大补，中乐的十面埋伏，国画的十美图，古代人犯了罪的十恶不赦，连旧社会的上海也一定要叫作十里洋场。这个十字都意味着极限，再超不过、再无法逾越的了。

中国人喜欢十，讲十，十年寒窗，十年生聚，十年辛苦不寻常，非一口咬定这个十不可。我不知道这样的绝对主义、形而上学的僵硬死板，是不是起到阻碍中国人思想的活跃以及开拓发展的不好作用?

已经达到了顶点、饱和、终结、完成的状态，人们还需要努力奋斗吗？还有必要再去争取、再去开拓吗？乾隆皇帝称自己为十全老人，因为他一生做了文治武功的十件大事以后便满足了。于是，从此也就没有什么作为了。

所以，对于中国人特别热爱的这个十，就要一分为二地看了。一定要到十，不达目的，不肯罢休，有其积极意义。但够了十，便不图十一、十二，不想取得更大进步，恐怕就有一点儿欠缺了。因为生活从来是不会停滞的，道路永远是向前的，人的生命没有结束，也不会有终点站的，所以，十，不能是努力的尽头。

这种十的情结，西方人一定不能理解。譬如杭州西湖的景致，不知从哪朝哪代开始立下的规矩，一定要凑足到完整的十这个数字，才觉得圆满。所以，我们从来没听说过西湖九景，也未听说过西湖十一景，一定是西湖十景，还画在折扇上，供游客选购。这样，大家也就接受了十。于是，约定俗成，在全国所有能够构成景区的地方，都得想方设法找出十景，不够，挖空心思也编出十景来。

伦敦是古城，巴黎也是历史悠久的名都，但从来没见哪个英国人或法国人编了伦敦十景、巴黎十景。

但北京，中国的首善之区，这十景当然更不用说是古已有之的了。“卢沟晓月”就是古都十景之一。那块石碑立在卢沟桥的一端，是乾隆皇帝的御笔。这位皇帝的诗写得不怎么样，但书法却是不错的。由此可见，北京的十景是有年头的事了。所以，如今发展了的北京，自然更有新景出现，为此，还征求群众意见，除去旧的十景外，另外再添新的十景。据说，已经定下来了，公诸报端。我不禁奇怪，选来选去，好像决策人还是跳不出中国人的老圈子，不能多，也不能少，仍是要十景。

为什么非十不可，绝不会是为了记忆方便，还是着眼这个十的数目是一个完整的概念上。于是，划进这十景的是景，没划进的，哪怕再美丽再动人，也不算正式的景了。其实，北京城区里的二环、三环那些个巍峨秀美的立交桥，哪一座也称得起景。逛过西湖的游客，或住在那湖光山色中的居民，谁不知道那“淡妆浓抹总相宜”的西子湖，触目的美景，俯拾即是，绝不止“柳浪闻莺”“三潭印月”那十景的。

再譬如，选举十大杰出青年、投票十佳运动员、评定十大名模等等活动，也必是以十来作为一个界限。其实，生活千变万化，人类千差万别，许多软指标的衡量标准，难免参差不齐。所以，评上的第十名和因为超过十而被淘汰的第十一名，说不定并无什么差异。同样，为了评足这个十的第十名，说不定倒是勉强凑数的情况，都不是不会发生的。

总之，这和中国人对于十的癖好是分不开的了。而这种非十不可的思路，又是和中国人习惯于四平八稳的思维模式有关。十是完整，完整就好，如果不倡导实事求是的认真精神、就事论事的严谨态度、区别对待的工作方式、具体分析的思想方法，而强求这个十的一致一统一律的话，也会有极端和绝对化之弊的。

是十就是十，不是十，就不一定非十不可，这才是讲求科学的为人之道。

品新茶

又是细雨微风、新茶上市的春天，一位朋友从南方来京开会，给我带来一小盒龙井。沏来一尝，叶绿水碧，茶香四溢，微苦回甜，口颊生津，连呼好茶好茶。不过，生产这种挺不错的龙井茶的茶厂却不在杭州，而是远在数百里外的他乡。于是，不胜感慨，这龙井的井，涵盖面也太大了。

当然，谁也不会相信，这是从杭州把炒好的龙井茶运到那里去包装的。肯定是在当地采撷的茶叶，姑且我们相信是按照龙井茶的传统制作方式生产，或者专门敦请了杭州龙井茶的师傅到他们那里去亲手炒制一份非常地道的而是外地的龙井茶。

茶叶的好坏，很大程度上取决于内在质量。受到产地的土壤状态、水质条件、栽培方法、采摘时间，以及日照、云雾、湿润、微量元素等等因素的制约，一方水土出一方茶叶。所以，龙井茶的饮誉千年，是和龙井这个地方分不开的。因此，龙井的龙井，与杭州的龙井，与杭州以外的龙井，应该是有着本质上的差别的。

明人田艺蘅《煮泉小品》中说道："今武林诸泉，惟龙泓入品，而茶亦惟龙泓山为最……又其上为老龙泓，寒碧倍之。其地产茶，为南北山绝品。"可见古人也已经明白，所谓龙井茶，也只有狮峰、龙井、梅家坞这几处出产的，才是最地道、最本色的龙井茶。

去年春末夏初，北京城里好几家商场、茶庄，就有现场炒茶的表演。茶叶是飞机空运来的，炒茶的师傅自然也是产地请来做示范的。因为成本太高，价格不菲，也是围观者多，购买者少。我也挤在其中欣赏师傅的操作，在啧啧称羡声中，那新炒出的茶沏出来，你会联想到一首抒情诗，一幅水墨画，一支提琴独奏曲，有美不胜收之感。

但是，再好的师傅炒出来的再好的茶，是龙井，就是龙井，不是龙井，就不是龙井。当然，真正龙井，其上品，是不大容易买到的了。如今那些标明龙井的龙井茶，很大一部分并不是龙井生产的，而是来自杭州四周、来自离杭州更远的地方，也未可知。看来龙井之大，简直无边无涯了。

不过，端在手中的这杯非龙井产地的龙井，其实，应该属于上品。否则，我的朋友不会特地给我带来，不会信心十足地当场沏出来，大有真金不怕火炼之意。他说了一句上海话，"灵勿灵当场试验"，果然好茶，是不用说的了。然而，滋润肺腑、腋下生风之际，我也不胜其惶惑，这间茶厂能生产出这等优质茶，既然不想以次充好，既然不想以假作真，既然不亚于名茶，或者哪怕亚一点儿，也没有必要非附骥于名茶不可呀！

我与来客讨论，若从心理层次探究的话，这些所作所为的背面，恐怕很大程度上是对自己缺乏自信的表现。

于是，浮想联翩，茶，如此，其实，人，何尝又不如此呢？

在生活中，好端端的人，有时硬是不十分相信自己，也是屡见不鲜的。非要依托于名人，借重于洋人，仰仗于要人，赖靠于死人，唯如此，才觉得脸面有光，才觉得自己人五人六，这实在是很累心累力，也是大可不必的事。

说到底，你就是你，你就做你自己，那多好。

筛酒

按照辞典上的解释，筛酒，也就是斟酒。

但据前人文字琢磨，这两个词似乎应该有些区别。窃以为筛酒，好像是斟酒前的一道例行的去掉酒中渣滓的手续。

《水浒传》第二十九回："武松道：'不要小盏儿吃，大碗筛来，只斟三碗。'"根据这位打虎英雄说的话，如果筛等于斟，那就会说"不要小盏儿吃，筛来三大碗"即可，何必还要说个斟字呢？看来，古人喝酒前，是要将酒从容器里先筛出来，滤掉混在其中的沉淀物，再斟到盏子或碗里供人饮用。

虽然在《水浒传》里，很多提到喝酒的场合，都用筛而不用斟，可能因为直接筛在碗里，如《水浒传》第二十四回："三个人坐下，武大筛酒在各人面前。"筛和斟是一体完成的，从而可以省略这个斟字。我们还可以从明代沈景的《义侠记·取威》里的一句唱词来判断，那就更清楚了。“斟来，安问好和歪，但闻是酒须筛。”看来，筛和斟，有可能是喝酒的两个过程。

《红楼梦》第六十三回怡红院夜宴，有个很小的细节值得注意。曹雪芹笔下写到“两个老婆子蹲在外面火盆上筛酒”这一句，提供了一个信息，筛酒是在外间屋里进行的，而且需两个人共同操作，更证明筛和斟不是一回事。中国人喝酒，酒是要当着客人倒的，只有外国人办酒会，酒杯才早早满上。贾宝玉要是现在开生日派对的话，很可能采取洋人的吹蜡烛、切蛋糕、唱生日快乐歌然后干杯的办法，但在那时，贾宝玉不懂得追求洋式的时髦气派。于是，他的首席丫鬟袭人派两个老婆子在外面先筛好，再拿到屋里来。书中写到的“袭人等一一地斟了酒来”“于是大家斟了酒”“晴雯等已都斟满了酒”这些词句，用“斟”而不用“筛”，证明曹雪芹是把两者区分得很清楚的。也许施耐庵时代的酒，混浊物较多，每喝必筛，筛斟不分；到了曹雪芹时代，酿酒业进步了，便筛归筛、斟归斟了。

古人造酒，有可能是与今天不完全相同的酿造方法。陶渊明诗云：“春秫作美酒，酒熟吾自斟。”这种家酿酒，大概不经过蒸馏，是直接从酿造物中提取酒液的。《水浒传》二十九回，武松帮施恩夺回他在快活林的经营权时，曾在蒋门神开的酒店里故意寻衅闹事，将老板娘，也就是蒋门神的老婆“隔柜身子提将出来，望浑酒缸里只一丢”。这一个“浑”字，表明酒缸里含有酿造原料，才称之为浑酒，为此才有筛的必要。而《水浒传》第四回里，鲁智深在寺庙里酒瘾难耐，见到一个卖酒的，不肯卖他，便从“地下拾起旋子，开了桶盖，只顾舀冷酒吃”，这里提到的旋子，可能是用来筛酒的器具。因此，筛酒，也就是将浑酒放在旋子里，用旋转的方法，使其杂质沉淀。旋子的旋，筛酒的筛，估计从此而来。

中国人喝酒的历史悠久，喝酒的名人名事也多，而文人似乎更钟情于酒。一部《世说新语》，凡名士，无不饮。竹林七贤中，又以刘伶为最，成了后世酒徒们敬奉的祖宗。结果，他的形象就是酒，从此，人们一提到他，只记得他是一个醉醺醺的酒徒，其他方面，便了然无知矣！其实，他不光喝酒，也写别的文章。所以，苏东坡为他惋惜，写出“一颂了伯伦”的诗句。伯伦是他的号，说他由于写了篇《酒德颂》，便把自己定型了。

还有一个阮籍，也很能喝酒，一醉累月，狂睡不醒，喝到这种程度，也是一位很了不起的酒徒。他听说步兵营里有个厨师善酿，而且还存有三百斛酒，于是，他要求去当那个步兵营的校尉，假公济私，可见他嗜酒之深。名士沉湎于酒，是和魏晋尚通脱的风气有关的。那时，崇黄老、好虚无、喜清谈、求性灵，是一些文人的精神状态。而尚通脱也是对当时司马氏严酷统治的消极抵抗。阮籍一醉，旬月不醒，主要是怕当局找他的茬；刘伶成天喝酒，也是想离政治远些。其实，醉者未必真醉，有一位叫王处仲的，“每酒后，辄咏‘老骥伏枥，志在千里，烈士暮年，壮心不已’，以如意打唾壶，壶口尽缺”。借酒消愁，浇心中之块垒，可见酒是一种特殊的感情宣泄手段。

古时酿酒的原料，多为秫。《本草纲目》曰：“秫即粱米，粟米之粘者。有赤白黄三色，皆可酿酒熬糖作糍糕食之。”现在我们吃的醪糟（南方称酒酿）用糯米制作，因其性黏之故。古代的酒，酒精含量不高，也可能与这种原料以及酿造方法有关。要不然，武松打虎，前后共喝了十五碗酒，即或是低度酒，恐怕也醉成一摊泥了。

陶潜为彭泽令时，“县公田悉令种秫谷”，要不是他太太抗议，才种了一点儿粳稻的话，秫就统统变成酒，灌进陶先生的肚子里了。那样，他达到了“令吾常醉于酒，足矣”的最高境界，而他夫人做饭却无米下锅了。

辑四 世间事

家二题

理解的价值

我以为，在一个家庭里最不好扮演的角色就是父亲了。虽然在这个世界上，只有这个职位是不需要谋取的，到时候，你不想当也得当。但好像约定俗成，一家之长与妻子孩子，除了亲情以外，实际还存在着领导与被领导的关系，这有些滑稽突梯，然而事实如此。于是，你就得面临能不能够当好这个领导的考验了。

我记得女儿小时候，作为家长，自然为她的前途着想，和妻子商量，应该让她有一技之长。那时"文革"尚未完全结束，上山下乡犹在进行，假如她能熟练掌握一件乐器的话，至少可以在宣传队里混口饭吃，而不至于下地干活。这是一个无能的家长对他疼爱的孩子所能做的唯一可行的事了。我妻子是弹钢琴的，弹了一辈子，到那时为止，没有一个属于自己的琴键，自然也就无法教她从拜尔弹起。再说，吹拉弹唱的宣传队也不会抬着钢琴到处演出。于是，做了决定，学拉小提琴吧！

我们托人买来一把四分之一的小提琴，然后妻子请了乐队的同事来做女儿的老师，从此，屋子里便开始有了杀鸡似的吱嘎吱嘎的声音。小提琴这乐器，拉好了，真好听，拉不好，尤其初学阶段，对自己，对别人，都是一种痛苦的折磨。可是有什么办法呢？为了女儿未来的生存，能够捧个饭碗，安身立命，也就只好忍受了。

小孩子，一上来，还有些新鲜感，拉不几天，兴趣大减，便罢拉了。于是我苦口婆心，教育晓喻，学好了将来如何如何，虽然没说吃香喝辣，那意思也差不多的。要是学不成，将来又会如何如何，现在都不好意思把说过的话再重复一遍。但当时，却说得理直气壮，还加之威胁利诱，诸如必须拉完了才能去和小朋友玩。所以，小姑娘一边拉，一边眼泪汪汪地看着墙上的钟，也怪可怜的，于是只好作罢。

但这童年经历，却在她心灵上种下了难以磨灭的抵触情绪，直到如今长大成人，也绝不喜欢听小提琴的演奏。有一次朋友送我一张音乐会的票，她看节目单上是小提琴协奏曲，连忙把票还给我："谢啦！您去欣赏吧！"于是，我想起鲁迅先生写过的文章，《我们现在怎样做父亲》，其中说道："开宗第一，便是理解。"这实在是至理名言。哪怕作为家长的你怀着百分之百的好心，要是不能理解家人是不是愿意办的话，肯定事倍功半，得不偿失，甚至还要落埋怨的。

家里如此，家外不也如此吗？

温馨的港湾

托尔斯泰说过："幸福的家庭家家相似，不幸的家庭各个不同。"

然而，这位文豪以幸与不幸来区分家庭，却不尽妥切。因为，幸福的家庭未必时时事事都感到幸福，反之，不幸的家庭也不是终日被愁云惨雾笼罩着的。贫穷是一种不幸，但匈牙利作家莫里兹的短篇小说《七个铜板》，开首第一句话就是："穷人也可以笑，这本是神明注定了的。"

我就有这个体会，有一阵子，我的境况很窘，两个上学的孩子，一位需赡养的老娘，加上我们五口人，依靠妻的八十元工资和我的四十元生活补贴养活。那时候，我们经济拮据，穷得几乎吃不起北京人天天吃的早点——油饼火烧豆浆，而是一早起来捅开炉子和面烙饼吃。当时，连切面也不舍得到粮店去买，宁肯自己下力气擀来吃。当然主要是为了省钱，省一分，是一分。但也有另一层意思，即使是穷日子，我们也照样可以过得很温馨。

当时，我是家中的大厨。同样是饼，便想法做出不同的口味，椒盐的，麻酱的，红糖的，千层的；同样是面，也经常变换吃的方法，刀削的，手拉的，猫耳朵，偶尔还做广东的云吞面。每次开饭，合家团坐，老人小孩，包括上班的妻，都大快朵颐，淋漓尽致。反过来，妻子和孩子却肯破费为我买稿纸，让我写那部不知将来有没有可能发表的长篇小说。然后，传读手稿，讨论评说，俨然文学沙龙。正由于大家相互体谅，彼此安慰，便忘掉门外的冷风、人们的白眼、社会的歧遇，以及不公正的待遇，也算是烦恼人生中的一快。尤其那寒风中煤炉上嘶嘶的水壶、一块烘烤得发出甜香的白薯，给深夜写作的我所带来的相濡以沫的温情，是我久久也不能忘怀的。这种家庭中的温馨对境遇淹蹇的我来说，确实是难得的精神补剂。

所以，阔佬给他情人一辆法拉利，但那个漂亮女人不觉得是爱，这是意大利作家莫维亚小说的情节。相反，安徒生童话里那个卖火柴的小女孩，一点儿微弱的火光，却能给她带来心灵上的温暖。真诚的感情即使点滴之微，也会感人至深的。

假如把我们生活在现实社会中的人比作一艘漂泊的海轮，倘若没有避风的港湾等待它归来，只能永远停泊在锚地，那么，即使满载着黄金，也会暗淡无光的。因此，每个人的港湾就是他感情维系着的家庭。要是每个成员尽力多付出一分爱，这港湾便会回报他十倍的温馨。

借光

时近中秋，月亮的话题便多了起来。

其实，月亮几乎天天晚上在头顶上挂着，一到农历八月，她就格外地引人注目了。夜色清晴，月明星稀，秋虫啾鸣，凉风习习，也确实是“八月十五月更明”的佳境。

不过，那“千里共婵娟”的一轮明月，本身是一点儿也不明亮的；相反，那稀稀朗朗、闪灭不定的群星，倒是真正的发光体。古人李白在写“床前明月光，疑是地上霜”诗句时，我敢说，这位大诗人未必懂得月亮自身不发光，光是来自太阳的道理。

如今，即使小学生也明白这太简单的科普知识了，月亮不亮，她之所以亮，是反射了太阳的光。“月光如水水如天”，说白了，那光是借来的。俗话说的“借光”，用在这里，是很恰当的。在社会生活里，这种“借光”现象就更多了。名人就是一个发光体，名越大，那光也更亮。于是那些不发光的非名人，依靠名人的光，使自己也亮起来，成为生活之一道。弄好了，会以为他就是名人，或者相等相同于名人，或者他相信自己果然也成为名人的种种错觉。

譬如，一位演员，也许由于形象酷肖，也许由于演技逼真，成功地饰演某位故去的大人物以后，于是经常在并非舞台的各种场合，以复活了的那位故去的大人物姿态出现，接受人们的崇敬。那种荣耀，肯定不是他自身的光亮，是“借光”的结果。

这一方面，说明大家对这位大人物的感情；另一方面，也说明演员出色的表演，已达到了以假乱真的程度。否则，不会使一些人产生这种“移情”效果。但是，演大人物并不等于大人物，正如演坏蛋并非就是坏蛋一样。舞台上的表演，只是开幕闭幕之间的事，若是走下舞台，由于大人物影响之大，该演员不论在何时何处露面，还被人们当作那故去的大人物致敬拥戴，同时，也按那位大人物健在时的规格，受到尊崇的礼遇，如果因此还能获取一些并非舞台正式演出的报酬，这种名实兼收的“借光”，虽然有些不可思议，但却是生活中的真实。

再譬如，有一些人，曾经和已谢世的某位大作家或大艺术家生前有过一点儿来往，凭这点历史缘由，便可大借其光。人前他“先生长，先生短”何其亲切，其实，他并非执过弟子礼的衣钵传人，只不过曾听过两堂课、登过两次门罢了。这种借名流之光张扬自己的人，其可恶之处，一是以掌门人的面目，把这位死去的名流垄断在自己手里，只有他是正宗，他拥有最终解释权，他不认可，别人都成了左道旁门；二是死无对证，他所说的“先生如何如何”，到底是真是假，旁人无从得知。

继而，人对于他，他对于人，就会产生错觉，以为他就是那位故去的大作家或大艺术家，至少也是个替身或代言人，于是也就堂而皇之地觉得头顶上有了一圈光环。

我不知道这种“借光”行为在法律上应该如何认识，但我想如果确实不是自身的光，像月亮一样，亮度是有的，热度却是一点儿也无。到头来，“沧海月明珠有泪，蓝田日暖玉生烟”，冷热不同，感觉不一，哪怕自身的光再微弱，也是温暖的，而冰凉的虚光浮影，除幻觉的满足外，又有什么真实意义呢?

嫉妒的颜色

俄国大文豪屠格涅夫在巴黎逗留期间，是法国著名作家都德的好朋友。他经常到都德家去做客，给他的孩子送礼物，还一起到街头咖啡摊去喝土耳其式的黑咖啡，谈论文学。

以写《最后一课》而被我们中国人熟悉的都德，在当时也曾是左拉发起的《梅塘夜话》的六作家之一，是一位与莫泊桑齐名的人物。1941年太平洋战争爆发前夕，那时已成“孤岛”的上海，学校老师让学生阅读这篇作品的时候，是如何激起了我们小孩子的爱国之情。我记住了这位作家，因为我在国家生死存亡的时刻，读过他的作品，那些作品是那样让我为之震撼。

左拉在当时的法国文坛是一位扛鼎人物，他看中的作家自然也是有分量的角色。都德是一个好客的法国作家，他的一家人，包括他的太太和孩子，都很喜欢屠格涅夫，甚至亲切地称呼他为“米加”或者“渥洛卡”。

那时的俄国人，特别是贵族，以说法语为荣，在托尔斯泰的《战争与和平》开头的几章里，你可以一睹莫斯科客厅里的法语时尚。所以，以吃法式大餐为荣，以穿戴法国衣饰为荣，以时不时地能在巴黎香榭丽舍大街散步为荣。正如现在我们这里，有些人以与美国有来往，以持有绿卡为荣的心态多少相近。一部美国畅销的小说《廊桥遗梦》和当今的肯德基一样地在中国吃香，也和这种崇拜心理有关。如果这部通俗读物是非州哪位作家写的，恐怕我们中国人就不怎么热衷了。

屠格涅夫当然与时下口袋里揣着绿卡的某些中国文人的崇洋媚外不尽相同，但他喜欢巴黎，喜欢都德和他的一家人，那张脸，是这样写着的。都德把他家的门向这个俄国人打开，作家屠格涅夫也相当敬重这个法国同行，不是文学的缘故，两个人是不可能坐到同一张桌子上来的。

他们互相表示对于对方文学成就的钦敬之意。都德说过：“小时候的我，简直是一架灵敏的感觉机器……就像我身上到处开着洞，以利于外面的东西可以进去。”屠格涅夫也认为：“准确有力地表现真实，才是作家的最高幸福，即使这真实同他个人的喜爱并不符合。”这两位现实主义大师，观点如此接近而又相似，于是，一次又一次地拥抱，亲吻，一杯又一杯地斟酒，干杯。

屠格涅夫后来便常在巴黎了，成了都德的知心朋友。都德也为自己家里有这样一位俄国作家而高兴，还在他的随笔《巴黎三十年》里讲述了他与屠格涅夫的真挚友情和互相倾慕的文字交情。后来，屠格涅夫死后，都德无意中发现屠格涅夫对他文学评价极低，说他是“我们同业中最低能的一个”，于是感到很伤心。那是一张多么真挚诚实的斯拉夫人的面孔啊，然而就是这张脸，当他背过脸去，竟能从嘴巴里吐出这样让人忍受不了的话语，简直令人痛苦透顶。好些天连咖啡馆都懒得去坐了，这实在是很扫兴的。

屠格涅夫先生也太瞧不起人了。

其实，都德不完全了解这位伟大的俄国作家，他在精神上属于不是十分健全的人。他的性格，让他与托尔斯泰差点儿闹到要决斗；他的坏脾气，让他与陀思妥耶夫斯基、冈察洛夫、赫尔岑相继绝交。他的多变，让他又一个一个地跟这些文学巨人恢复友谊，握手言欢，接着，一言不合，继续决裂。其种种行止，也实在令人不敢恭维。

一个作家，应该清醒地认识到同行之间当面的评价和背后的议论，有时候是会大相径庭的。因为作家是不大容易钦服同行的，衷心说好，通常是不多的，而不置可否，顾左右而言他，乃至摇头，倒是不少见的。这位对都德阳是而阴非的屠格涅夫当然是大作家，但都德也绝不是“同业中最低能的一个”，这也是文学史公认的。他的《最后一课》在抗日战争时期的沦陷区，引发了多少不想当亡国奴的人的共鸣啊！问题在于作家看不起作家，可以说是世界性的一种通病。尤其在等量级的作家之间，彼此服气者是不太多的。

曹操有个儿子，叫曹丕，武艺谋略、经世治国的这些方面比曹操差远了，但在文学上的成就却不弱乃父。他是建安文学的代表人物，他那本剖析作家、论人长短的文学批评著作《典论》中，早就提出了“文人相轻”的精辟见解。那时候，欧洲还没有但丁，没有莎士比亚，文艺复兴则是一千年以后的事了。这实在是很有远见的真知卓识，称中国是老牌的文化古国，是一点儿也不错的，我们中国的作家、诗人们，互相瞧不起、彼此不买账的历史，也是久远得让西方文人望尘莫及的。

当然，这一点倒不是怎么值得夸耀的。

所以，文学上的流派之争，门户之见，互相排斥，怒目相向的现象，在中国文坛上是屡见不鲜的事情。曹丕在《典论》里说“文非一体，鲜能备善”，即使再好的作品，再大的作家，也不是无可挑剔的。他还说，作家是难免“贵远贱近，向声背实”“暗于自见，谓己为贤”这些性格弱点的。因此，出现各较短长、文人相嫉的状态，也就不以为奇了。

文人相轻，说穿了，就是文人相嫉。

而嫉妒，这是地球上一种最原始的本性，人如此，动物也如此，文人岂能幸免，只要有人类活动的地方，就有嫉妒存在。文坛就是文人集群的所在，而作家、诗人的神经又相对脆弱。最近读到一篇文章，说西方将嫉妒分为两类，一类是黑色的，一类是白色的。黑色的是伤害性嫉妒，白色的是竞争性嫉妒。文中还说，西方人的嫉妒是白色的，而东方人的嫉妒则是黑色的。

这样的论点难免有些偏颇之处，外国人的嫉妒都是白色的吗？怕也未必。我们都读过的莎士比亚名剧《奥赛罗》，那个摩尔人倒是绝对因为嫉妒之火燃烧起来而不可遏止，才造成一场灾难的。奥赛罗杀死了他以为不贞的苔丝狄蒙娜以后，发现自己错了，像“把一颗比他整个部落所有的财产更贵重的珍珠随手抛弃”的糊涂印度人一样，悔恨无穷，也就拔出剑来自刎了。

剧中那个小丑依阿高，曾对妒火焚烧的奥赛罗这样煽动过：“小心啊，阁下，嫉妒这个鬼精灵啊，它可是长着绿眼，一面吃着你的心，一面在嘲笑你的怪物噢！”看来，既然是长着绿色的眼睛，那么这种嫉妒，该不会是白色的了。

我们还读过的普希金的长诗《叶甫盖尼·奥涅金》，这位愤世嫉俗又无所事事，貌似深沉可又吊儿郎当的阔少，和他朋友连斯基的决斗，不也因为他的轻薄而引发连斯基的嫉妒和愤怒吗？结果，连斯基惨死在奥涅金的手里。虽然在歌剧里，有一段连斯基的咏叹调是很有名的。但他这种嫉妒的颜色，却是毫无疑义的黑色。

说来奇怪，普希金写这首长诗的时候，想不到自己最后也成了连斯基。这要是按中国人的迷信观点，也许是不幸而言中的诗人谶言了。他写道：“未将注满酒杯的酒喝光，即能向人生的庆典告别的人，是幸福的。”普希金本人也是没喝完他的人生之酒，如同他诗中的主人公一样，于决斗中死于非命。

他非要向一位禁卫军军官挑战，进行一次生死较量，倒和文学的长短无关，而是因为女人，因为嫉妒。这位伟大的诗人与莎士比亚笔下的奥赛罗唯一不同的地方，就是苔丝狄蒙娜是贞洁的、清白的，而诗人的妻子娜达利亚和那个军官确有肮脏的奸情，我想，这种嫉妒就绝不是白色的了。正因为他妻子绯闻不断，使得普希金妒火中烧，才三十八岁的诗人，就颓然地倒在了圣彼得堡郊外森林中的决斗场上。

所以说外国人的嫉妒，也是有黑颜色的。而像诗人的这种特别的嫉妒，则更是黑色者居多。

中国唐代的一位诗人李益，比普希金更甚，他没有决斗的勇气，却有整治自己老婆的恐怖手段。据明代冯梦龙《古今谭概·痴绝》载："李益有妒痴，闲妻妾过虐，每夜撒灰扃户以验动静。"《唐才子传》也说："益少有僻疾，多猜忌，防闲妻妾，过为苛酷，有散灰扃户之谈。"这位大历十才子之一的诗人，做得也太过分了。一个人嫉妒到了变态的程度，使得他竟对妻妾采取法西斯手段予以防范，实在是骇人听闻，这种嫉妒黑得无法再黑了。

从以上例证来看，在中国汉字中将"嫉妒"二字列入"女"字部首，有点儿道理，但也有一定的误导成分。固然，"蛾眉善妒"，似乎女性比较爱嫉妒；"河东狮吼"，似乎嫉妒的起因多半与女性有关。但人类的嫉妒情结产生比较严重后果的，倒常常不是因为女性。在大千世界之中，首先是由于金钱财富的争夺，权力名声的攀比，智能才干的竞赛，邀宠揽誉的得失，才会生出强烈可怕的嫉妒之心，才有随之而来的残忍卑劣的报复行为。至于因女性和情感引发的嫉妒纠纷，充其量影响一两个家庭，于整个社会而言，倒是小而焉之的事情了。

如果，再以同是唐代的一对诗人的纠葛为例来说，就能了解文人同行之间的嫉妒，有时也很可怕。那燃烧起来的妒火，并不亚于女人争风吃醋时的阴损狠毒，他们像历代宫廷里的后妃，得宠后恨不能将对手置于死地而后快的心情，是完全相通的。

《全唐诗》里有一段记载："希夷善琵琶，尝为《白头咏》云：'今年花落颜色改，明年花开复谁在？'既而悔曰：'我此诗似谶，与石崇"白首同所归"何异？'乃更作云：'年年岁岁花相似，岁岁年年人不同。'既而叹曰：'复似向谶矣！'诗成未周岁，为奸人所杀。或云：宋之问害希夷，而以白头翁之篇为己作。至今有载此篇在之问集中者。"

因为《全唐诗》是御制的，带有官方色彩，言词间比较慎重，只是以存疑的口气，留下这段史实。但据野史，这个刘希夷是宋之问的外甥，年轻人苦思冥想，写出了这两句绝妙佳句后，多少有些情不自禁，就拿去给他舅舅看，想讨个好。他忘了他舅舅也是个诗人，而且还是有名气的老诗人，更忘了他舅舅是凭借写诗混碗饭吃，以诗向武则天献媚的。老先生一看这个年轻人的这两句诗，奇货可居，眼睛里闪出依阿高所说的"绿光"，就像时下一些署名纠纷中的前辈长者一样，倚老卖老，仗势强蛮地对这个外甥说："你把这两句诗给我吧，算我的版权。"

"那怎么行！"刘希夷不甘心被他舅舅蹂躏，说什么不给老诗人这个面子。写不出这等好诗的宋之问，妒心大发，为了想夺这句

"年年岁岁花相似，岁岁年年人不同"，窃为己有，便对外甥下了毒手，用布袋将其闷死。

按照宋之问此人一生不怎么光明磊落的行状，有可能干出这种事来。《新唐书》载他："倾心媚附（武后宠幸）易之。所赋诸篇，尽之问、朝隐所为，至为易之奉溺器。"《旧唐书》载他："及易之等败，左迁陇州参军。未几，逃还，匿于洛阳人张仲之家。仲之与驸马都尉王同皎等谋杀武三思，之问令兄子发其事以自赎。及同皎等获罪，起之问为鸿胪主簿，由是深为义士所讥。"从他无耻地捧着尿壶，尾随权贵的丑恶表演看，从他背叛那位庇护他的朋友，干出出卖灵魂的卑劣行径看，这个堕落文人把刘希夷干掉，巩固自己在诗坛的地位，那手是不会软也不会抖的。

此前此后，我们在文坛上所见识到的黑色嫉妒，还少吗？

其实，如果不是黑色的嫉妒，当然不是一件坏事，任何文学上的正当竞争，总是会促进文学的进步。怕就怕这种自封正宗，只此一家，心胸狭窄，排他成性的非白色嫉妒，那文学世界应有的缤纷斑斓的局面，就会相对减色了。

为文学计，宽容应是第一位的。

荷裔美国人房龙说："从最广博的意义讲，宽容这个词从来就是一个奢侈品，购买它的人只会是智力非常发达的人——这些人从思想上说是摆脱了不够开明的同伴们的狭隘偏见的人，看到整个人类具有广阔多彩的前景。"在作家这一行里，具有这种狭隘偏见的不够开明的充满妒心的同伴，他们的思维方式就是：不能容忍别人比自己好，更不能容忍自己比别人差，永远看不到自己的不足，永远挑别人的不是，总是以自己的长处比别人的短处，总是酸溜溜以绿色的眼睛看待别人，从古至今，一直到文学新时期，这种人从来是不乏见的，而且有弥来愈甚的趋势。

我们看到，挂在树上的果实，无不透出大自然精心而又平衡的生态安排，让每一颗果实拥有一方属于名下的世界。不因为自己鲜艳夺目些，就眼皮抬高小视同类；不因为本身色彩比较暗淡而自惭形秽；不因为自己饱满硕伟些，就恃强逞胜把别人挤到一边去；不因为尚未熟透的稚嫩而退避三舍；不因为自己甜蜜可口些，就趾高气扬不可一世地拒绝宽容；不因为有一点儿生涩而有人微言轻的自卑；不因为早开花早结果，就摆出老资格来恫吓后人；不因为晚了几步而忐忑不安踟蹰不前。它生在那个位置上，就注定了它是不可替代的，好也罢，不好也罢，它就是它，别人既不能奈何它，也无法改变它。嫉妒，它要生长，不嫉妒，它也要生长，总的历史走势，就是这样不停地前进着的。

文学的生态平衡，其实也应如此。天地如此之广漠，空气如此之清新，阳光如此之充足，雨露如此之丰美，每一颗果实愿意怎么长就怎么长，这就是“万类霜天竞自由”的局面了。人们总是赞叹大自然，它之所以伟大，就因为有这份自由。若是哪颗多事的果实，嫉妒得非要伸出头来，探出手来，管别人的长长短短；若是哪颗不自量力的果实跳出来，嫉妒得非要大家以它的意志为意志，再说些煞风景的话，做些煞风景的事，那就十分败兴了。

所以，要是说西方的嫉妒白色较多，而东方的嫉妒黑色较多，或许接近于事实。但文坛，由于“文人相轻”的缘故，这类嫉妒便是黑白交杂，竞争与伤害就兼而有之了。为了文学，但愿化黑为白，你写得好，我要写得比你更好，而不是你写得好，我就把你干掉；从此多一些竞争性的白色嫉妒，少一些伤害性的黑色嫉妒，那样，也许文学的盛唐景象便不会远了。

面子

面子很重要，中国人特别在意这一点，遂有了“死要面子”这一说。

鲁迅笔下的孔乙己，落魄得很，但坚持穿长衫。那长衫很脏，很破，也不肯脱下来，必须穿着。因为这件长衫攸关面子问题。在旧时代，劳动人民都是短打，只有读书人才着长衫。穿短打为的是劳动时的方便，外国有“短裤党”“蓝领”这一说，工人阶级的代名词。穿长衫，潇洒是有了，风度是够了，但要从事体力活的话，长衫会很碍事，动作不能过大，走路不能太快，所谓肩不能挑担，手不能提篮的讽嘲之言，就是指斯文之人之无能。

孔乙己先生其实相当穷困，那一件长衫不知穿了几多年头，可这是他的一张证书，证明他曾经是读书之人、进学之人、斯文之人，说不定还是曾参加过科举之人。这和如今很多并不写作文学作品的人非要参加作家协会，做一名会员的虚荣心，有点儿近似。为了这份读过书的面子，他说死了也不肯脱下这件长衫而改着短打的。可他无业，无业也就无钱，无钱就得找点儿营生，赚两个小钱糊口。可他什么也做不了，只能替有钱人家抄书。于是，抄书之余，免不了偶然做些鼠盗狗窃的事，也就免不了挨打。这也是中国人对于小偷小摸的常规惩罚，而被打者通常也只护着自己的脸。所谓“打人莫打脸”，就是说你打我哪里都可以，独独别打脸。脸，即脸面，对特别在乎面子的中国人来说，至关重要。

有一次，他腿裹着蒲包，用手扶地，几乎是爬来酒店，沽酒喝。掌柜见他如此行状：“你又偷了东西了！”他也不做分辩，单说了一句：“不要取笑！”掌柜的反问：“取笑？要是不偷，怎么会打断腿？”他低声解释：“跌断，跌，跌……”他的眼神，很像恳求掌柜不要再提。这就是民间谚语“死要面子活受罪”的典型写照。

为了能够说得过去的一点儿虚荣心，为了并无实际意义的一点儿自尊心，中国人常常不得不委屈退让，忍辱求全，不得不低声下气，甘受作践。

其实，这句“死要面子”的民间谚语来源于中国封建社会里的“谥”。这个已经死去的汉字“谥”，才是真正的“死要面子”的本意。应该说，人死之后，万事皆空，有面子或者没有面子，与死人无涉，只是活人在争这份面子，而受罪罢了。虽然，“谥”在古代是一门学问，还是一门很深的学问，不过，辛亥革命以后，“谥”也随之消亡。不过，类似的“死要面子”风气，迄今不衰，便有知往鉴来，稍加涉猎的必要。

若从编年史的《资治通鉴》来看，书中第一位有谥的皇帝该是东周的威烈王，公元前425年的一位名叫姬午的帝王，在位二十五年，据《谥法》“猛以刚果曰威，有功安民曰烈”，对这位有名无实的君主够高看的了。南齐的沈约批评说：“诸复谥，有谥人，无谥法。”从一开始，谥就是一个容易引起争议的事物。第二位，也按《资治通鉴》的排列，是晋国的智宣子。据《谥法》：“圣善周闻曰宣。”可元代的胡三省则说：“智氏溢美也。”溢美二字，称得上是诛心之论，把千古以来所有的谥，也包括所有为死人专写的讣告，以及追思缅怀的文章，一言戳破。

悼念文章总是尽量挑好的说，是可以理解的。有的连最起码的针砭也不存在，也就不必深究。何况上帝让人们对死者宽容呢？因此从对死者的纪念出发，肯定得强烈一些，褒扬得光辉一些，描画得灿烂一些，美化得辉煌一些，好像也是正常现象。至于逝者生前美中不足的方面，不无遗憾的方面，难与外人道及的方面，见不得光天化日的方面，按照人无完人，金无足赤，大人之过，日月之食的夫子之道，为贤者讳，尽量避之隐之，也属人情之常。就像孔乙己先生身上穿的那件长衫，也就只好让他一直穿下去了。

然而，国人之形而上，之绝对化，之矫枉过正，之有过之无不及，弄得这种呜呼尚飨的文字，效果却适得其反，令人啼笑皆非。

九泉之隔，阴阳之别，生死异途，触物伤情，难免情不自禁，这是可以理解的。拿点儿纸巾擦擦眼泪鼻涕，也就算了。用不着化腐朽为神奇，立丰碑于乌有，原是有限之水，怎能潺潺不断，更不能波澜壮阔！本是凋零之木，焉会葳蕤常青，更不会繁花似锦！不过一个普通作家，冠以大师头衔，那是黑色幽默，写过几篇普通文章，居然称作不朽，更是笑话奇谈。曾经说过几句创作经验，竟成金玉良言，不过狗屁而已。当过两天文学官员，摇身变成大牌作家，令人叹为观止。其实，大家心里明镜似的，不过子虚乌有罢了。可这些悼念文章，把这些离开我们的死者，溢美得天花乱坠，吹捧得光芒四射。功勋光荣之极，人格伟大之极，毕生正确之极，甚至连毛病和缺点也是九个指头和一个指头，白璧微瑕，不足挂齿。

溢美是需要的，也是可以理解的，不过要溢得适度，溢得恰当方好。其实，话说回来，脱掉那件长衫，还孔乙己先生本来面貌，也许更真实，更有益于后来。否则，历史将是一本糊涂账了。

女子男饰

好热闹，是中国人的特性，好随大流赶热闹，更是居住在城市里的中国人的特性。清王朝年间，菜市口秋决，万人空巷赶到宣武门外爬树上房，看刽子手行刑；民国年间，末代皇帝溥仪大婚，洋鼓洋号军乐队，笙箫管笛唢呐吹，满城的老百姓都走出家门，目送新娘子的花轿抬进紫禁城。大概京城人好这一口，记得早些年，二十世纪七八十年代，很有几件事让大家足那么一折腾，一是红茶菌，一是鹤翔桩，一是打公鸡血，一是特异功能，真是好不热闹。那时候，为泡红茶菌，大口瓶脱销，为练鹤翔桩，竟走火入魔，为打公鸡血，处处闻鸡叫，至于特异功能，更是神乎其神，什么耳朵认字，隔墙取物，什么天眼开通，透视脏腑，什么带功讲座，现场治病，什么疑难杂症，不药而愈。添油加醋，道说传说，满城轰动，趋之若鹜。

风气这东西，看不见，摸不着，对社会而言，风气一旦形成，会产生正面效应，也会出现负面效果。好的风气所至，如春风化雨，润物无声；坏的风气所至，如污泥浊水，不堪收拾。一般来说，良好的风气，向上的风气，循循善诱使人心理健康的风气，洁净自好懂得礼义廉耻的风气，都是腿短的，很难推广，更难实行。相反，若是庸俗的风气，浮躁的风气，低级趣味的风气，甚至是哗众取宠、无知泛滥的风气，只要蛊惑起来，煽动起来，前面有人带头，有人鼓噪，后边就会有人起哄架秧，有人推波助澜。于是，成为潮流，便是不胫而走的消极现象；成为时尚，便是祸祟社会的歪风邪气。

在《晏子春秋》里有这样一则寓言，讲的是楚灵王喜好腰身很细的臣下，他认为这是男性美的一个重要标准。于是，楚灵王的宫廷里，做大臣的都十分讲究减肥，不敢发福，不敢多吃一口饭，怕腰围大了失去君王的宠幸，一天到晚屏住气把腰带往死里勒，结果腰束得太细，使不上劲，只好扶墙才能站立起来。在这样一个束腰风气下，一年以后，整个朝廷的官员都折腾得没有人样。有一句成语，“楚王好细腰，国人皆饿死”，就说的是这回事了。

在齐国也有类似的事例，齐灵公提倡后宫里的后妃们穿男装，戴男帽，着男靴，佩带男人的弓箭和饰物，也就是女扮男装。这种易服癖，又叫作“哀鸿现象”。风气一开以后，齐国上下，无不仿效，在全国范围内形成一股女服男衣的潮流，以此为荣。像打鸡血那阵，好多人都抱着公鸡上医院注射似的热闹。后来有个相声，说是当时的公鸡吓得都不敢打鸣，生怕捉去抽它的血。灵公很不高兴老百姓学宫廷里的样子，下令各级官吏严禁，凡是在街道上、市集中、乡里之间，发现有女人敢穿男人服装者，就把她的衣褂扯碎，绦带剪断。结果，一眼望去，齐国上下到处都是衣衫被剪切得零碎的女人，随风飞舞，飘飘欲仙，成为一道奇特的风景线。

这位齐国的国君气坏了，便问晏子："寡人下了这样的命令，为什么老百姓敢于违抗，屡禁不止呢？"

晏子说："大王呀！你在宫廷里提倡，而在宫廷外禁止，就等于是挂了一个牛头在大门口，卖的却是马肉一样。你要想让全国的妇女不穿男服，只要宫廷内先不穿，谁穿就罚谁的话，老百姓还会有人敢以身试法吗！"

灵公说："好吧，那就试试。"果然，没出一个月，国内再看不到一个穿男装的女人。《晏子春秋·内篇·杂下》的原文是这样的：灵公好妇人而丈夫饰者，国人尽服之。公使吏禁之，曰："女子而男子饰者，裂其衣，断其带。"裂衣断带相望而不止。晏子见，公问曰："寡人使吏禁女子而男子饰者，裂断其衣带，相望而不止者，何也？"晏子对曰："君使服之于内，而禁之于外，犹悬牛首于门而卖马肉于内也。公何以不使内勿服，则外莫敢为也。"公曰："善。"使内勿服，不逾月而国人莫之服。

看来，正如常言所道，问题出在下面，根源却在上面。民谚有云，"上梁不正下梁歪"，这句话还是很有道理的。

背诵的意义

现在的年轻人，几乎不知道“私塾”是怎么回事了。

偶尔在古装片中，描写纨绔子弟不好好念书，背不出书时的吭吭哧哧，吃板子，打屁股，还有那么一位被捉弄的冬烘老先生，以丑角出现，逗人发噱外，了解私塾和塾师者已不多了。

私塾，其实就是私学，是旧时由家庭、家族办的一种学校。凡不收费者叫“义学”，属公益性质。凡集资或摊派延请塾师，或由塾师自行开馆者，则是私塾。无论前者或后者，差不多都是一位塾师，课以几个、十来个蒙童，主要是以识字为主的非官办学校。甚至到了民国年间，在公立学校未普及的穷乡僻壤，这类私塾还是传播汉文化的主力。

私塾主要就是认字，加以背诵，幼年班课本有《百家姓》《三字经》《千字文》，中级班课本则有四书、《古文观止》，还有一些辅助读物，如《增广贤文》《幼学琼林》《唐诗三百首》等。私塾根本不讲究教学方法，但有一条准则：“师傅领进门，修行在个人”“有状元徒弟，没有状元师傅”。认字，朗读，默记，背诵，摇头晃脑地“之乎者也”，甚至要求倒背如流。老实说，古汉语对于现代大学生来讲也不是轻而易举的，何况那些蒙童。所以，不那么注重讲解，是不是有的塾师自己也稀里糊涂？

但这种填鸭式的、完全依靠死背硬记的教育方式，也不能一笔否定。对学生的作用，那就要靠读了多年以后的融会贯通了。中国古代那么众多的大学问家，谁不是从这种学塾里读出来的呢？他们读的许多古籍，都是小时候一篇篇背出来，而终身不忘的。

后来，我在写作《莎士比亚传》的时候，从收集的资料看，中世纪的英国对于儿童的启蒙教育，其方式似乎和中国的私塾大同小异。幼年的莎士比亚要在天不太亮的时候就到学校坐在课桌前去，捧着“角书”（用磨薄了角质物保护住的课本）念拉丁文，背拉丁文，也是用强迫记忆这一套。

若是不能滚瓜烂熟地背出课文，中国也好，英国也好，惩罚也差不多的。中国叫戒方，英国叫教鞭，不是打手心，就是打屁股。这种囫囵吞枣、不求甚解的教学方法，伴之以体罚，当然是不足取的。但是，我相信若干世纪以来，古人们能一成不变地采用这种手段，从儿童启蒙开始，就把一些基本的道理（无论中国或英国，教科书的内容总是要体现一个时代的主流精神和社会的道德规范，以及做人的准则），用强迫灌输的办法，使其刻骨铭心地印在脑海里熟记不忘，这种谆谆教诲，不是没有道理的。

现在几乎不大提倡背诵了，能够滚瓜烂熟地背出几篇古文、古诗词者已不多见。最近唐宋诗词吟唱会，又重新唤起了人们学习和背诵古典文学的热潮，实在是件很好的事情。所以，背诵还是读书的一项基本功。我在小学读书时，时为孤岛的上海被日军占领，逃难到乡下，曾在私塾从《郑伯克段于鄢》起背诵《古文观止》。那是一本没有标点的线装书，也是我最早接受文言文断句的训练，应该承认，通过背诵打下的基础一生享用不尽。枯燥的背诵很无趣，但久而久之，当不觉得背诵多么无趣时，那字里行间的意思也会渐渐地融通，点点地理解，也许讲不清楚，但心底里大致明白却是实实在在的。

教育对于社会的精神建设作用毋庸讳言。我不敢武断古人皆是礼义廉耻之辈，但相对于今天商品经济的冲击，拜金主义的泛滥，那时的社会空气大概要净化一点儿。如今那些见利忘义而罔顾一些最基本的做人准则的人，大概和脑子里除了钱之外，什么东西都未留下的空洞状态是有关系的。

所以，从儿童开始，熟读，不能说不是一种有效的教学方式，到现在已不是儿童的成人，也应该补上这一课。否则，连一些最起码的为人之道都置之脑后，一个劲儿地往钱眼里钻，除了钞票以外，四六不懂，五谷不分，六亲不认，乌七八糟，这社会进步又从何谈起呢？

用背诵的方法，多读一些好书，多记住一些精彩的诗文，使脑海里多一些我们五千年的中华文明，文化提高了，生活充实了，思想升华了，情感高尚了，那岂不是有益于个人，更有益于社会的好事吗！

多彩的世界

大自然造物，也真是鬼斧神工，一山一水，一草一木，千变万化，层出不穷。所谓天然自成，就是说大自然里没有两件完全相同的东西。所以，在森林中找不出两片绝对相同的树叶，满天飞舞的雪花，据科学家的观察，水的结晶体排列也是各不相似的。

人就更不用说了，即使一奶同胞，也是个个有别，哪怕是双胞胎，外表极其相像，别人很容易搞混。如我的朋友叶楠就经常被误认为是他的弟弟白桦，其实两人的性格作风迥然不同，而外貌特征也是有细微差别的。

这种孪生兄弟或孪生姐妹相似的特点，经常被喜剧作家用来作为令观众捧腹的表现手段。莎士比亚的《错误的喜剧》，恐怕是最早也是最成功的典范了。剧中的两位少爷和侍候这两位少爷的两位仆人，都是孪生兄弟，阴差阳错，误会丛生，张冠李戴，笑料百出。但那终究是夸张的戏剧，在生活里，即使非常酷肖神似的双胞胎，至少做母亲的，是绝对能分得清楚的。没有两片完全一模一样的树叶，这大概是个真理。每一片树叶都充分展现了自己和别的树叶的相同与不同，于是那棵树便枝叶婆娑地好看了。

这也是人们喜欢真花，而不喜欢塑料花，过圣诞节的时候，宁要一株真正的枞树，而不要别的代用品的缘故了。我们居住的这个地球，正由于是无穷变化的，复杂多端的，千奇百怪的，而且是绝不雷同的，所以才会丰富多彩，气象万千，目不暇接，美不胜收。因此，装点我们自己的春天，更应该充分展示每个人的特色，那才能百川汇海，形成多彩多姿的世界。

色彩单调、平淡无奇、缺乏变化、毫无差异的社会，肯定是黯然失色的。我们还能记得每人一套缘卡布料、四个吊兜的干部服蔚然成风的年代。那时，走进一个单位、一个会场，甚至整条马路，一座城市，极目所视，一片灰蓝，真有打麻将作清一色的感觉。世界应该是多种多样的，连路旁的一朵小花，也姹紫嫣红，在努力打扮着，引人注目。何况万物之灵的人呢?

现在几乎很少看到有人穿那种“国服”了，这不仅仅说明人的本性还是更倾向于美的追求，还说明随着时代的进展和生活的好转，人的衣食住行、志趣爱好将会出现更加琳琅满目的变化。更主要的，和大自然里两片树叶的不同一样，人们讲究一点儿不类似于他人而属于自己个性的差异，不满足于旧有的固定模式，追求一点儿有区别的不一模一样的样式变化。从某种程度上来说，这也是近年来思想解放的产物。所以，有的时装设计师在出售产品时，特别标明了每一款样式只生产几件或几套，显然是为了满足那些注意塑造个性色彩的顾客，同时，也为整个社会和时代的美化增加新的内容。

也许我们曾经过于追求整齐划一的美，这种美当然也是需要的，但绝不是唯一的。也许我们多年来按计划供应的习惯所养成的别人有，我也有，别人没有，我也没有的平均主义思想，渐渐形成别人有，我也必须有，别人没有，我也绝不敢有的心理。

于是，沙发风起，城里再难买到硬板凳。组合家具盛行时，家家把旧柜橱卖作了废品。室内装修成为时尚，壁纸瓷砖行业发了大财。

有一年，街上流行黄裙子，无论妍媸，不顾胖瘦，哪怕穿得像个喇嘛，也唯恐落伍非穿不可。这和早些年的打鸡血、喝凉水、鹤翔桩、穿国服一样，好像仍未摆脱“一二一，齐步走”的习性。

其实，千篇一律，单调重复，不但是写文章的人的大忌，也是容易造成社会许多弊端的窳陋。最好像在百花园中，争奇斗艳，万紫千红，这才能成为真正的春天景象。如果仅是一花独放的话，那这个春天肯定会非常寂寞了。

一路同行

假设一平方千米的范围之内，只有你一个人。寂寞的你，孤单的你，与相邻的同样也是一平方千米范围之内的另一个寂寞者、孤单者，忽然有机会走近的话，见面、握手、寒暄以后，你肯定感到非常非常亲切。假设，反过来，不是一平方千米，而是一平方米，只有一张桌面大小的地方，站着你，说不定还站着别人。而在你周围的每一个平方米的空间里，都站有一个人，或者不止一个，而是几个人的话，你对周围的这一圈几乎全都陌生的面孔，就再不会产生相隔一千米时那种亲切的感情了。

这就好比我们上班时挤公共汽车一样，你不可能对挤得你喘不过来气的乘客抱有多大好感的，除非那是一位非常漂亮的小姐，又当别论。这种由于人多而造成的挤塞、纷扰、侵逼、躁乱、攘争、不宁、繁杂、狷急，是人与人产生冲突的基本原因。

因此，我们生活在其中的这个社会，这个集体，这个人群，这个特定的组合，譬如一个家庭，一个班级，一个旅游团，一个工作班子，一个必得在一起的小组，一个你在其中的办公室，等等，某种程度上类似同乘一辆公共汽车，偏偏你又没有别的选择，必须如此，只有如此，那自然是无可奈何，不得已的痛苦了。不过，我们要是改变一下思维方式，又如何？既然命中注定要上这辆车，与这些乘客一路同行，何把它看作是一种幸运，一种缘分呢？也许换个角度考虑问题，又会是另外一种样子了。

如果再做到：一、学会微笑，始终对人保持一种善意，不要板着面孔，不要总去教训别人。二、学会说“谢谢”，哪怕对自己是顶小顶小的一点儿物质或精神上的关爱，也要至诚地把谢意表达出来。三、学会冷静，学会说“对不起”，凡事退一步想，替对方想。尤其在感情冲动的时候，立刻尝试深呼吸，并把语调的分贝降下来，把语速的吐字率降下来，让脉搏的跳动频率降下来。四、学会赏识别人，即使是微不足道的比你棒的地方，也要适当地指出来。我想，对方会对你的好评做出积极的回应。五、学会多看自己的不如人处，不要以自己的长处比人家的短处，而是以自己的缺点比人家的优点。这样，无论多大的纠纷和矛盾，都可以化干戈为玉帛，更何况在车厢里无非你碰我一下、我踩你一脚的鸡毛蒜皮之事呢！

古人云，五百年修得同船渡，人与人的相聚相会，其实也是一种难得的机遇。一路同行，互谅互让，你的微笑，给别人以温馨，他的莞尔，回报的是阳光，哪怕是短短的路程，哪怕再无晤面的可能，那么，不费举手之劳，无须繁文缛节，客气一下，谦逊一点儿，你快乐的同时，对方也愉悦，这一瞬间所获得的好心情，会留存很久很久，岂不是件好事吗？

这样，虽然车厢里仍旧很拥挤，但大家都抱着豁达自然、平和安详的心态，便一定会相处得比较礼让和融洽的。应该说，我们每个人都希望达到完美的境界，希望做到完善的地步。如果没有这个终极目标，这辆车也就没有必要再往前开动了。因此，也许更为重要的，是要学会适应这辆公交车的现实状况，首先要认识到完美也好，完善也好，这都是一个渐进的、积累的过程，因此，别一下子要求得到太多。所以，荀子说："不积跬步，无以至千里；不积小流，无以成江海。"大处着眼，高瞻远瞩，小处着手，实际出发，本知足常乐之怡悦，做水滴石穿之努力。若你如此，他如此，大家如此，同行一路，春风满车，便是一次愉快惬意的旅程了。

西窗外的童话

我写作的房间有一扇朝西的窗户，窗外是一条不通行的夹道。夹道那边是对面楼房的山墙，平时幽静得只有麻雀的吱吱声，伴着几丛在寂寞中自生自长的小草小花，这便是窗外唯一的风景线。只是到了下午，附近的小学放学了，便有几个背着书包的孩子，来到这里玩耍，才透出一些活泼的生气。这也使上了年纪的我回想起遥远的童年。

他们总是疯玩打闹一阵以后，累得满头大汗，便坐在台阶上你一言我一语地说这说那。时间长了，也就知道他们姓什么，叫什么，知道学校里或者家庭里发生的大事小情。从他们没遮拦的嘴里，渐渐地我也听得出来，孩子们固然有他们自己的世界，但也融进了太多的属于成人社会里才有的一切。

大伟吃了磊磊从小摊上买来的食品，那么，磊磊就有理由掏大伟书包里的糖块吃；军军帮着小莉抄写未完成的家庭作业，小莉就得去买冰激凌请他吃；今天甜甜把她的新卡通手表给大家看，明天保准会有别的孩子展示更多的进口文具；碰上谁过生日，必得掏钱去买一大把羊肉串请客，还大呼小叫地唱生日快乐歌，而别人也会赠送小礼物，都是些价格不菲的小玩意儿，看得我都眼晕呢！这些诸如等价交换、有偿服务、炫示财富、请客应酬的社会行为，对本应充满童心的孩子来讲，是不是实践得太早了一些？

记得我像他们这么大小的时候，口袋里绝掏不出相当十元人民币的零花钱。从小学生出手大方这一点看，倒也表明城市居民确实是在富裕起来。我真羡慕这些孩子，赶上了一个幸福的时代。不过，隔窗看他们过家家的游戏行为，说成人的话，做成人的事，儿童变成小大人，虽然怪好玩，怪好笑，但也不禁想，天真烂漫的心灵受到太多时下商业社会的影响，会是一件好事吗？

有一天，这几个小朋友不知怎么比起了自己的家长，甜甜说她爸爸是处长，磊磊说他妈妈是经理，军军说他的哥哥是团级干部，小莉说她的姑姑是空中小姐，大伟说他姐姐是电视台的。到底谁官大，到底谁神气，七嘴八舌，争论得不可开交。孩子们弄不清处长、团长、经理的级别大小，也不明白空中小姐和电视台主持人的职务高低，所以，谁也不服气谁。由于吵不出个结果，接着，又比谁家有车，谁家没车；谁家是自己开车，谁家是司机开车。一直到太阳落山，也没有比出个高低来。

于是，我想起英国诗人斯宾塞的一句名言：“儿童是父母行为映照之镜。”如果做爹妈的给孩子的心灵里注入的是更多的爱，而不是大把的钱，关心的是他们健康的成长，而不是熏陶得他们出现畸形的早熟，也许在西窗外的孩子们就会讲一些天真无邪的真正童话了。

西窗小札

假如，某一天，你碰到一位朋友，他对你叙述一件他认为的新鲜事。不久，你又碰到了他，他不但重复了那个话题，而且还以为是第一次对你讲述。然后，隔了若干时日，你很不幸地又从他的嘴里第三次或者是第四次听到。那么，这便是校验一个人是否衰老的最佳测试办法。

于是，生命的华彩乐章不再，尾声的和弦开始响起。在文学上，大部分人都是如此这般地进入创作的迟暮之年。有的虽然能够写到最后一息，但那种写只能表明他还健在，并不等于他还拥有创造力。只有称得上为天才的大师，才能像老托尔斯泰那样在古稀之年，写出《复活》，写出《哈泽·穆拉特》。他的最后乐章，像贝多芬的第九交响曲结束时的《欢乐颂》，奏出了人类有史以来的最强音一样，构成文学史上的壮举。

能够蒙受这种历史宠遇的天才，是极其罕见的。大多数人难逃新陈代谢这一永恒的宇宙定律。文学岂能例外?

作家的衰老，是从笔下出现力不从心时开始的。一旦到了写不出什么作品的时候，便开始出现精神狂躁、五内浮腾、狷急不宁、坐卧不安的症状。而没有一个作家，肯在这个时候服老。

折腾自己不算，还要折腾别人。这就是海明威在《非洲的青山》里对二十世纪三十年代一批美国作家的评价，说他们中间，男的老了成了婆婆妈妈的碎嘴了，女的老了就变成圣女贞德，已经是不合时宜的人物。同样，一位巴西的著名球星马里奥，也议论过上一代的球王贝利。说他“精神上有问题，任何生活在过去的人，都会进入博物馆”，“贝利现在对我们已经不重要了，因为人们现在踢球的方式同他过去完全不一样了。贝利已成为过去。”

所以，当你惊讶地发现自己随着年龄的增长，笑声在渐渐减少，甚至再也不会开怀大笑的时候，你千万不要以为是严肃和成熟的表现，而很可能是心灵老化和迟钝的结果。

凡圣徒，都年老，但年老者，不一定就是圣徒。懂得这点，知老，服老，不倚老卖老，岂不善哉!

宽容，是一种有足够信心的表现。

能宽容者，多为强者，而不够宽容的人，十之九，在个人才智和总体实力方面，存在着某些虚弱的成分。唯其虚弱，才有嫉畏，才有计较，才有排斥，才有不共戴天的偏激和狭隘，才有那张好像谁欠了他二百吊钱的丧门神似的脸。

梁山上的白衣秀士王伦，之所以容不得林冲，是由于他实在敌不过的原因。开封城里八十万禁军教头这份头衔，也让王伦这等鼠辈在半夜从梦中吓醒。从风雪草料场逃命出来的林冲无路可走，于是投奔梁山泊。其实，他没有任何篡政夺权的野心，只是万不得已，落草为寇，图一个避难躲身之处。没想到王伦如此不容他，怎么伏低，怎么表现，王伦都不满意。结果，宋江、吴用一上山，王伦更不肯相容，摆下酒宴，捧出银两，要礼送这伙劫了生辰纲的好汉出境，逼得林冲这条血性汉子忍无可忍，当场拔出刀来火并，结果了这位嫉贤妒能的小人。

如果王伦稍有容人之量，也不至于身首异处。但像王伦这类资历浅、学问少、本领差、智商低、能力弱、心胸窄、人缘薄、名望逊的人，是最害怕比他强的人出现在他视野中的。

宋江，论计谋不如军师吴用，论武艺在山寨里甚至敌不过女将顾大嫂、扈三娘，论力气比不上打虎的武松，论仪表哪是卢俊义的对手，论肤色这黑三郎也不能与张顺相比，至于偷鸡摸狗也没有时迁那两下子。而后来，他被众头领尊让于忠义堂上的第一把交椅，就因为他善于团结，善于容人，善于谦让，善于选贤用能。江湖人称他为及时雨，正说明他是多么被人所需要，所期盼，这才形成水泊梁山百川归海的兴旺局面。

不兼收并蓄，无以成大家。海，之所以伟大，因为它能容纳一切。拒绝宽容的偏狭心态，最起码也是一种心灵软弱的表现。

我第一次逛开封相国寺时，殿里有一尊用整棵黄杨木雕刻出来的千手千目观世音菩萨，显现出庄严肃穆、智慧安详、苦海慈航、法力无边的样子。我站在那里，久久地惊异于佛教艺术的创造性，特别敬佩初始创意者那无比丰富的想象力。真亏他想得出来。我在琢磨，要一千只手干什么呢？要一千只眼看什么呢？我终于感觉到，这尊佛像在拥抱整个世界的时候，也洞穿着整个人类的一切。

于是，我悟到了，对于作家来讲，这千手千目观音倒是位启导天使。写东西千万不能只有一手，看东西也不能一只眼睛。

要敢于什么都写，要敢于什么都看。这就是天真烂漫的儿童不停地向人询问为什么的原因。作家要没有这份赤子之心，既不能直面人生，也不能放性挥毫，落墨无禁忌，下笔如有神，大概也就不可能像相国寺里那位菩萨，拥抱大千世界，洞悉人间万象了。

所以，我赞赏汪洋恣肆的海明威，一会儿是意大利战场上的永别了的武器，一会儿是西班牙内战的丧钟，一会儿是乞力马扎罗山顶的积雪，一会儿是老人独自驾舟在海上与鲨鱼的搏斗，变幻莫测，目不暇接，真不愧为千手千目的大师级作家。

缩手缩脚，畏首畏尾，是成不了大器的。这就是鲁迅曾经说过的话了，他赞扬第一个敢于吃螃蟹的人必定是位大无畏的勇士。现在，在文学领域里，那些格外循规蹈矩的人，已经禁忌到如此可悲的状态，谁要第一个看见螃蟹，比亚当吃下苹果的罪恶还要大。

没有好胃口，身子休想强壮。林黛玉只敢吃一夹子螃蟹肉，所以弱不禁风。唯有不忌生冷，不畏腥膻，无论天上飞的，地下爬的，都敢去尝试尝试的作家，才能写出活蹦乱跳的作品。禁食的结果，便像瘪皮臭虫，挤不出一点儿脓血。

苏东坡吃河豚，人家问他什么滋味，以至于佳妙到何等程度，他给了四个字的评价：“值那一死。”这种敢作敢为的勇气，固然是作家所当有，在做人的道理里，不也应该如此吗！

戒之在得

鲁迅先生的《且介亭杂文》里，有一篇《买〈小学大全〉记》的杂文。其中，引用了《论语·季氏》的一句话："君子有三戒……及其老也，血气既衰，戒之在得。"细细品味，很有道理。

老了，就要见好就收，就要适可而止，就要鞠躬谢幕，从运动场中回到看台，当一名观众。人的一生，其实是一个加减法的过程，年轻时期，不断地追求，不停地获得，是加法。进入老年以后，便是减法了，一直减到两手空空，如同刚出生空着手来到这个世界那样，再离开这个世界。至此老天拔地，老眼昏花，老态龙钟，老朽无能之际，若还不厌其烦地求，还不厌其多地得，那就很不令人尊敬了。

《小学大全》的著者为清乾隆朝人尹嘉铨，一位道学先生，官做得也不小，大理寺卿，相当于最高法院或司法部的长官，熬到这个位置上，也就可以了。人就是这样：没有钱的时候，物质欲望特别强烈，有了钱以后，权力欲望就会上升，而在官瘾、钱瘾都满足以后，求名的欲望就会浓厚得可怕。尤其人到晚年，更着重声名的满足。

没名者求名若渴，有名者求名更热，名小者求得大名，名大者与人比名，名不怕多，就怕不名，名上加名，最好是举世闻名。做了皇帝的杨广，名欲得到了极大的满足，但他因求文名，为了让自己的骈体文、四六句满朝第一，竟把一位诗人杀了。由此可见求名者那一颗不得安宁的心。

小孩子希望大人注意他，就闹“人来疯”，这是初级阶段的求名。成年人企图引起别人的注意，或颠三倒四，装疯卖傻；或出出洋相，唱唱反调；或奇形怪状，哗众取宠；或故作悖谬，语出惊人……炒作自己，不顾廉耻，这是中级阶段的求名。

最厉害的，还数不甘寂寞的老年人，抖擞那一把快要散架的老骨头，才叫不肯安生。这都是我们这些年来屡见不鲜的风景了，凡出场、出席、出镜、出台，总有他们身影在；凡褒扬、授奖、表彰、上榜，总是他们当主角；凡聚会、团拜、联欢、饭局，总推他们坐到主座；凡检查、视察、剪彩、指导，总少不了老爷子临场……众星捧月，水涨船高，老当益壮，风头更健，这是高级阶段的求名。

由此看来，名是一个无底洞，永远也填不满的。

尹嘉铨已经离休，回到老家河北博野，论理，享他老太爷的清福吧！不，他怎能就此罢手呢？因为“名”这个东西如同海洛因，染上了就难戒掉，一生一世也摆脱不了。甚至奄奄一息，回光返照，悼词怎么写，墓志铭怎么刻，是“坚定的”还是“坚强的”，是“久经考验的”还是“忠诚的”，都是放心不下，斟酌再三的。

这就好比文学界的名仕贵媛，作品放在头条还是放在二条，得正式奖还是得提名奖，是著名作家还是知名作家，都会寸土必争，寸步不让，讨价还价，面红耳赤。看来，这是“名”之酷爱者的古今同好了。

所以，尹嘉铨想出来为他父亲请谥，也是名欲熏心，才弄得不安分的。鲁迅先生写道：“到乾隆四十六年，他已经致仕回家了，但真所谓‘及其老也，戒之在得’罢，虽然欲得的乃是‘名’，也还是一样的招了大祸。”

“戒之在得”，说来容易，做到却难。近年来，文坛上有那么一些人，说写得不那么太坏，可以，但绝说不上写得很好。能力有大小，才华有高低，这本也无碍，但一定谋什么头衔，当什么委员，顶什么桂冠，挤进什么排行榜，而奔走竞逐，累得屁滚尿流，巴结攀附，功夫全在诗外，为这个“名”，折腾得一佛出世，二佛涅槃，而且，不知伊于胡底？

也许文人更容易为名所诱，为名所驱，所以，尹嘉铨做出令乾隆爷大为光火的事，也就不必奇怪了。

公元1781年4月，乾隆西巡五台山回銮，驻跸保定，在籍休致的这位前大理寺卿，按捺不住他的表现欲了。当然，这样的接驾盛典，侍候过乾隆的他，怎么能缺席呢？他像热锅上的蚂蚁，向北眺望，会不会从大路上飞来一彪快马，奉圣旨，亟传老臣尹嘉铨入觐。其实他应该明白，官场是很势利的，所有冀图固宠的臣下，只是希望皇帝的眼睛眷顾于他，哪里愿意他老人家出现，而分散皇上的注意力呢？这位道学先生，站在路口，左望不来，右望不到，真是心急如焚啊！

博野位于蠡县、安国之间，离保定府，要是有私家车，也就几十分钟的路程，照老先生退下来的三品官，享受二品的离休待遇，肯定地方政府会给这位京官配官轿侍候的。要不，他自己去一趟，尽一分老臣护驾之心，人家不会用乱棍将他打将出来；要不，他就现实主义，死心塌地在家待着，只当没有发生这回事，也就天下太平。

可是，名欲熏心，使得他坐卧不安。人老了，就像一个老小孩，很拿他们没有办法。这位假道学，去吧，怕人家把他这过气的官僚不放在眼里，主席台上不去，贵宾席没位置，只能跪得远远的，用望远镜才能看到圣上；不去吧，这就意味着他真成了在野之人、无名之辈了，这是他绝对受不了的。又想吃，又怕烫，既自尊，更自卑，那一夜，尹嘉铨光在炕上折饼了。

苦思冥索大半宿，他终于想出来锦囊妙计，为其老爹尹会一请谥和从祀，是个绝好的主意。皇上恩准下来，不但孝子当上了，风头也出尽了，想到这里，尹嘉铨高兴得直搓手。天色露曙，让下人赶紧为大少爷备马，火速前去保定府，向乾隆皇帝行宫呈上这份自以为是两全其美的奏折。哪晓得名未求着，反倒搭上了一条老命。

其实，皇帝也未必不小人，乾隆一看，你尹嘉铨不来朝拜，不来面谒，竟打发你儿子来，也太荒谬、太嚣张，也太目无王法、目无纲常了吧？或许这个先入为主的印象使得乾隆看到尹嘉铨的请谥奏章，马上龙颜不悦，面露愠色。“与谥乃国家定典，岂可妄求。此奏本当交部治罪，念汝为父私情，姑免之。若再不安分家居，汝罪不可逭矣！钦此。”

可接下来看到尹嘉铨请祀的另一本奏折，打的旗号是请批准本朝的名臣汤斌、范文程、李光地、顾八代、张伯行等从祀孔庙，这当然也是无可无不可的事情。然而，发现奏章中这位老先生“名”令智昏，竟敢奏请“至于臣父尹会一，既蒙御制诗章褒嘉称孝，已在德行之科，自可从祀，非臣所敢请也”等不逊词句，弘历不是昏君，对如此下作、如此无耻的挟带私货的邀名行径，乾隆能不勃然大怒？“竟大肆狂吠，不可恕矣！钦此。”

尹嘉铨还在家里静候佳音呢，谁知死期已经不远。

李白的“天子呼来不上船”，冯延巳的“吹皱一池春水”，这两位诗人敢于跟皇帝逗逗闷子，都是有先决条件的，是吃准了皇帝在那一刻心情不坏，胃口很好，血压正常，精神不错。问题在于尹嘉铨退居乡间，已是闲云野鹤，肯定信息阻绝，孤陋寡闻。再加上人老以后，脑细胞固化，容易囿于己见，自我封闭。被人总捧着，总抬着，也容易自以为是，自成一尊。

所以，他不知道，即使知道，也不会当回事，乾隆在第五次南巡前，已经处理了江苏东台举人徐述夔的诗狱，这是一件很大的案子，涉及了许多人，还有很重要的高层人士。他在北京还有公馆，能看到邸报，也会有人通风报信，但他忙于讨小老婆，竟疏忽了。

凡文字狱，都是先有小人举报，然后才有皇帝震怒，下令严办，然后才有杀一儆百，人头落地，这次也不例外。在徐述夔的《一柱楼诗》集中，发现了“明朝期振翮，一举去清都”“大明天子重相见，且把壶儿搁半边”的犯禁诗句，有人举报出来，因为这种影射讥刺太过显露，触动了清廷种族忌讳的敏感神经，定为十恶不赦。于是，将已死多年的徐述夔及其子徐怀祖，从棺材里拖出来戮尸，其孙徐食田论斩；失察的江苏布政使陶易、列名校对之徐首发等俱押往斩监候，用现代的话说，也就是死缓罪吧。

最关键的一笔，也是尹嘉铨无论如何不能掉以轻心的，是对江南大才子沈德潜的处理。算起来，这位已故的礼部尚书，是声望不让其父尹会一的朝廷同僚。尹会一是道学家，沈德潜是诗人兼诗评家，而且还是乾隆作诗的枪手。所以，尹会一虽任过吏部员外郎、工部侍郎，但能面见乾隆得睹天颜的机会很少；沈德潜则不同，是乾隆十分赏识、亲自擢拔的首席御用文人，经常蒙召到内廷，赐平身，可以坐下来与陛下谈论诸如唐诗和宋词、李白与杜甫之类话题，很神气一时的。

此人也是太老了的缘故，八十多岁致仕，告老还乡，作为皇帝的第一笔杆，光焰万丈，何其了得。肯定招摇过市，大出风头，苏州本不大，简直装不下他。在中国，文人皆喜欢被捧，老文人尤其需要大家捧。捧昏了头的沈大学士，没细看徐书中的“反动”内容，倚老卖老，为这部诗集的作者写了篇传记，结果，作者满门抄斩不说，老先生虽死，因这篇序，也受到“扑其碑，戮其尸”的处置。

尹嘉铨如果不是名欲缠心，求名心切，应该从三年前发生的这次文字狱中吸取教训。乾隆对于这些高级知识分子的妄自尊大、自成一统是相当反感的。鲁迅先生分析道：“清朝虽然尊崇朱子，但止于‘尊崇’，却不许‘学样’，因为一学样，就要讲学，于是而有学说，于是而有门徒，于是而有门户，于是而有门户之争，这就足以为‘太平盛世’之累。”

所谓学说，所谓门徒，所谓门户，或所谓流派，或所谓渊源，或所谓圈子，或所谓山头、江湖……说到底，无论过去，无论现在，那些权威、大师、泰斗、名流，老了以后，一定要当老爷子、老宗师、老太爷、老祖宗，就是要大家高山仰止，礼拜赞美，哪怕心脏上了支架，哪怕三天两头住院，哪怕上气不接下气，哪怕明天去见上帝，生命不息，求名不止。名，对他们而言，如同氧气和水，已是不可或缺的一环了。

要让尹老夫子明白，人到了这把岁数，“血气既衰”，应该“戒之在得”的道理，是绝不可能的。名，上了瘾，也是无药可治的。

大学士三宝奉命主审这件案子，此人先从生活问题、男女关系入手，又在臭字上大做文章，将其批臭之后，不倒也歪了。

对这位道学先生最具杀伤力的攻击手段，就是纠劾他强娶烈女为妾的道德败坏一事。跪在堂下的尹嘉铨，一边掌自己的嘴，一边骂自己寡廉鲜耻，欺世盗名，假道学，伪君子。

三堂审讯以后，定为“相应请旨将尹嘉铨照大逆律凌迟处死。”

康、雍、乾三朝，迭兴文字狱，血也流得够多的了，杀鸡给猴子看，阻吓作用也已起到了，大多数文人也都把尾巴夹得很紧。乾隆便不让他受凌迟之罪，改为绞立决，恩准他一次痛快的死亡。

这位著作等身的大文人，就为他老了老了还不知缩手，还想“得”到更大名声的行径，为这个“得”而付出了生命的代价。

虽然，尹嘉铨案是个特殊的个例，但《论语》里这句“戒之在得”的古训，对已经到了夕阳西下、桑榆晚景的老人来说，还是很具惕厉意味，值得深思的。

张洁得壶

大年初一，张洁打来电话，她得了一把名壶。

这件时大彬的壶，如果不是赝品的话，那数百年的历史，虽说不得价值连城，但所值不菲便是当然的了。可她砍下来的价，说来令人笑掉下巴，连同另一把壶，统共花了一百二十元。所以，我说她“得”壶，而不是说她“买”壶。

按一般道理，买和卖，双方应该是等价交换。物超所值，有可能，但超出太多，超到邪乎的程度，那就该是得了。得，不必等价，也无须等价，因为无论是得到一份爱情，得到一份幸福，得到一份意外的惊喜，都是没办法折算成人民币若干元的。她这次得壶，很大程度上是意外，是侥幸，是在极偶然的情况下无意中得之，很难用六十元衡量出壶的轻重高低。所以，我对她说，我要写一写她得到这把名壶的故事。谈谈那一刹那产生的直觉。直觉，是一种很奇怪的体验，有时候很准，立刻就产生出一种心灵感应。她感觉到这是个好东西，结果，一把时大彬的壶到手了。

直觉，大部分都是不可信的，太多的主观因素，太多的表面印象，很容易判断失误，但这一次，她大概是蒙对了。

就我个人而言，对紫砂壶所知甚少，连时大彬这位明末清初的制壶老祖，也只留下一点儿极肤浅的印象。那一年到宜兴去，应景也曾背回几件，陆续都送了朋友。因我爱茶，却不甚爱壶，我认为喝茶，不光是嘴巴的事，眼睛、鼻子都要参与的。所以，茶叶在透明的玻璃杯里上下浮沉，渐渐地舒张开来，慢慢飘舞起来，那一股难以描摹的灵动神韵，真是视觉上的极佳享受。尤其春天里刚下来的新茶，领教那一份洋溢开来的绿，更是心旷神怡的境界了。如果用壶的话，对不起，这一切便全部等于零，茶趣也就少掉一半。

张洁得壶，过程简单。年前，她本是准备到天坛去买熬中药的药罐，走过一地摊前，瞥了一眼放在那里的玉石之类，驻足停下，摊贩为一老先生，便向她推销谁知是真还是假的翡翠。张洁似乎懂一点儿珠宝，我记得她写过一篇小说，就叫《祖母绿》。不过她是不是行家，我就不得而知了。即使非行家，又如何？我一直认为，作家写东西，凡涉及专业知识，只求能把读者唬住就行，不一定必是行家里手。所以，曹禺《日出》的第三幕，为写那个雏妓小东西在窑子里的生活状态，是到过前门八大胡同——旧时代北平城的红灯区的；巴尔扎克写交际花，也曾和一些巴黎社交场合的名媛有过交往，但也仅如此而已。一定要有一份专业证书才可写某行某业，那么，大部分作家就得要饭了。她对那位老先生说，慈禧太后才戴多大一块翡翠，你这儿摆的，哪一块都超过了她，如果是真翠，也就不会在这儿摆摊了。这时，张洁见到了旁边摆着的这把泥污斑渍、积满了不是茶渍而是油垢的壶，顿觉眼睛一亮。

在电话里她没有这样说，但我相信她见到这把壶时，肯定应该是这种样子的。因为她说她当时有一种感觉，虽然那壶很脏，很糟，跟泥蛋一样，半点儿也不起眼，但壶的造型，虽然与别的壶同是由圆弧和曲线构成的整体，同是盖、嘴、把、壶本体四个部分，隐约间，那颇有些不同凡俗的气质把她打动。孟夫子曰："西子蒙不洁，人皆掩鼻而过之。"但她终究是西子呀！天生丽质，总是不可能全被埋没的，这就要看观察者有没有一双慧眼了。

据我了解，她没有收集古玩和文物的癖嗜，之所以想得到这把壶，她强调，就是认准了自己这个直觉，决定要买下来。摊主出价，两壶各一百，你拿走。她按照潘家园旧货市场的惯例，先砍一半。这笔生意谈到最后，以每把六十元成交。他告诉张洁，壶是从天津倒腾来的。

这一来历令我顿生疑窦，因为无论博物院收藏的，还是近年发掘出来的大彬壶，都出在南方，北方甚少见。直到今天，紫砂壶在北方不如南方受欢迎，我想，很可能是与北方人喝茶不甚讲究有关。北方人的喝茶习惯深受蒙古族、满族影响，粗疏而乏精致，大碗茶三字便可概括。那淡淡的绿茶清香，绝敌不过那性膻味膻的牛羊肉的，必须是浓郁的花香，方可压住大蒜大葱韭菜花的恶辛之气。我刚到北京时，参加京西的土地改革运动，在旗人家里初次喝到香喷喷的茉莉花茶时，甚觉惊异。花香浓烈若此，还能叫作茶吗？二十世纪六十年代，八毛钱一两的茉莉高碎，竟成了北京市民的至尊至高的享受。对茶的不考究导致对壶的无兴趣，很难设想一件名家的壶会在并无久远历史的天津出现。

但转而一想，旧时代，天津为商埠，多富翁，北京为衙门，多官僚。很可能是清末民初天津租界地洋房里住着的某位阔佬，从北京城某胡同，某四合院里，某败落户手中买去的。老北京，不论什么样破旧颓败的院落，走进去打听打听那些老住户，不出三代以上，准是显赫的王公贵族。二十世纪五十年代，我在北京，住在苏州胡同，隔壁院里老太太卖破烂，堆在屋角的熬汤的大骨头中，竟混有羚羊角。那敲小鼓的还算仁义，用小刀刮去泥垢，老太太，您这可是值钱的东西，我当破烂收了，蒙了您，我也亏心，您拿到药铺去卖吧！

所以，京城破落户有这把时大彬的壶不为奇，往前再追溯上去，很可能是明代南方某位上京做官，或来京行贿的什么人带来的。后来，败家了，就流失民间，又被天津这位有钱的阔佬买到手。壶若能言，这一段由南而北、由京而津的路线，肯定会讲出一连串人事兴衰、沧桑变化的故事。若是编成电视剧，或许可以在泛滥成灾的皇帝片中，别开生面，凑一份热闹。

从这件壶跌落到天坛地摊上无人问津，也证明了一条真理，这世界上没有永远。好多人，包括我们作家，都以为自己会永远，或将会永远。读一读台湾的白先勇先生写过的一篇精致的短篇小说，叫《永远的尹雪艳》，便会晓得，其实那女主人公也不能永远，终要到蚌老珠黄的那一天。天津租界地的这位富翁，最后，子孙不也衰败，把茶壶当油壶。当初，富翁为买这把名壶，可能所费不赀，至少他还识货，知道附庸风雅，多少年以后，他的后代却不经意地把名壶三文不值二文地卖了。说不定这家住过洋楼的后代，不但不知道这是把名壶，甚至压根儿不懂壶为何物，用来装油，那就更悲哀了。

天津和北京住户们的变化，情况好像大掉个，那些住在租界地洋楼里的人家，如果不怎么对你见外，翻开家谱，三辈以上，他们的老祖宗几乎都是提不起来的平头百姓。早期资本积累阶段，那些三不管的青皮混混，卜九股的脚行把头，更容易凭借邪恶和血腥起家，也是事实。所以，这一班陡然暴发起来的新富翁、新权贵，都羞谈过去的低下出身，最热衷于扮贵族，装斯文，这是铁的规律。买古董，穿名牌，盖洋房，吃大菜，跑马赛狗，挥毫泼墨，吟诗作对，斗草品茶，自然少不了要捧一具时大彬的紫砂茶壶，做儒雅状了。

这件大彬壶，不管外观上看上去多么糟糕，但那魂魄中的灵韵，本质上的完美，是不可能完全被遮掩的。不知张洁用了什么残酷的方法，使这把积数百年油垢的壶，荡涤一新，露出本相。如果，她知道这是把名壶，也许下手洗涤时会温柔一点儿。她在电话里谈到在壶底壶盖上发现的时大彬印记时，还没有意识到它的价值。不过话说回来，价值对她来说也不是非常重要，她不收藏古董，也不打算做古董生意。她只是为她心中的这种感觉自豪，一下子就看出来，此壶绝非凡常之品，至于何以产生这种自信，连她自己也觉得奇妙。

紧接着，从资料上查找出来，紫砂壶是明代中叶才出现于文人雅士的玩赏物中，而时大彬恰恰是形成这门陶瓷艺术的第一代大宗师。而他的作品极为珍稀名贵，偏偏有这么一件，经过数百年的周折，正好落在她的手中，你说奇也不奇，巧也不巧。她一直认为幸运总把背冲着她的，这回可调转脸来了。上帝不会永远对一个人背过脸去的，这是我坚信的一条真理，归结起来，可以用四个字概括，就是“没有永远”。没有永远的红，也没有永远的黑；没有永远的幸运儿，也没有永远的倒霉蛋。

当然，我也打趣了一番，先别高兴得太早，要知道哦，文物之作伪，在中国，早就是极为发达的行业，不排除赝品的可能性！不过，在电话中，她说，真固欣然，假亦无妨。我听出来她的口气，直觉是第一位的，她看中的是那一时间里捕捉到的直觉，她认为好，就好。真壶或非真壶，名壶或非名壶，值钱或不值钱，古董或假古董，对她来讲，当时并不在她的考量之中。即使现在知道有很大可能是一件大彬壶时，除了倍加珍惜而已，别无其他。实际上，这件壶自身所具有那种美的质素，给她的直觉，才是最最重要的。

我认为，她说的这种直觉，很大程度上是摆脱了他人他见，与世俗毫无依傍的个人见识，是一个充满自信的人在内心里做出的判断。在这个世界上，不知道为什么，有的人很在乎别人的感觉，尤其我们中国人，具体地说，譬如作家，更在乎外国人的感觉，好像必须外国人告诉他的感觉以后，才有感觉，这真是很可怜，怎么能如此不相信自己笔下写出的东西？“如鱼饮水，冷暖自知”，干吗这样缺乏自信心呢！

蔡元培当北大校长那阵，请了一位遗老当教授，此老姓辜名鸿铭，洋名叫厦门辜，当过张之洞的师爷，民国以后，还拖辫子，拥复辟，尊崇逊帝，公开演讲赞成缠足和娶妾，之腐朽，之顽固，相当要不得。然而，他也有令人击节赞赏的地方，就是不买洋人的账，自以为是，十分自信。鲁迅先生痛骂过的“奴才相”，林语堂先生嘲笑过的“西崽相”，从这位老先生身上绝对找不到一丝一毫，那多令人振作！

说到这里，也许离张洁得壶的事远了点儿，然而，一个人，要没有这样一点儿特立独行的精神，敢于自以为是，敢于相信自己的感觉，敢于抓住转瞬即逝的机遇，即使天上掉馅儿饼，可能把你砸死，你也绝吃不到一口。总在迟疑，总在等待别人的首肯，总是不相信自己的感觉，这也是这件大彬壶，在天坛地摊上摆了许久，与多少问津者失之交臂的原因。张洁说，她毫不犹豫地就把两件陶壶兴冲冲地抱了回来。于是，我在电话里向这位得壶人祝贺：大年初一，阁下得到了一件大彬壶，这一年，这一天，是一个多么美好的开始啊！

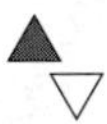

诲人不倦

诲人不倦，是件好事情；这种事情，若热心过了头，效果就未必好了。

热心去教育别人、帮助别人，是美德之一，在别人于愚蒙中、混沌中需要这种教育和帮助时，能给人这片温暖，如煦风，如春晖，如冬日南墙根下融融的阳光，那个被给予这番热心肠的人，眼神里的寒意立刻就会消解，变得清亮，心窝里的积冰也会渐渐化除，一切都豁然明朗。

于是，他能感到生活是那么美好，人世是多么亲切。

我们每个人的周围总会有一些热心肠的好人，困难时可以求助，烦恼时可以诉说，失意时能得到慰藉，跌倒了有人拉你一把。这就叫幸福。我们生活在其间的这个社会，就像经常挂在嘴边的那句话一样，“人人为我，我为人人”，是一个不沉的温暖的湖。

但是，有些时候，有些事情，太绝对了，太偏执了，太自以为是了，即或出于非常之热心，往往后果并不见得好，甚至适得其反，弄得大家都不开心。其实，诲人不倦，指点迷津，当然是件再好不过的事；若是耳提面命，训斥有加，不讲究教育方法的话，即使是货真价实的真理，那个被教诲的人恐怕也会产生出一种逆反心理的。而且，我始终在琢磨，干吗那么急切，迫不及待地就要开训呢？给他一个时间，让他自己去领悟，或者等到他需要你去指点时，你再加以启示，也不晚的。

前几天，我们看到一则报道，好像是对于一些青年男女偏挑选十一月十八日举办婚礼，表示了不以为然的看法。就各式各样的社会现象发表意见，本是记者的职责；而且也看得出苦口婆心，纯系一番好意。但人和人不一样，五个手指头伸出来还不一般齐呢！由于文化程度、思想水平、理解能力、审美趣味等等差异，那些穿着笔挺西服和洁白婚纱的新婚夫妇，就喜欢这一天连起来读正好是谐音“要要要发”，为图一个吉利话儿，抱一个美好的愿望，择吉成亲，选定这个日子，似乎也不应苛责的。

假如他们反过来问：“我们碍着谁了吗？”恐怕是无言以对的。

因为他们没有妨碍交通，也没有影响市容，挑这个日子毫不触犯法律条文，结婚证是办事处发的，合乎婚姻法，酒席的钱是自己掏的，付的是人民币，中规中矩，合法夫妻，就这么一点儿不完全是迷信的迷信，不曝光岂不更好？他们寄希望于未来，愿婚后生活得更美满、更发达，使社会充满祥和之气，不是一件坏事。说实在的，比起烧香磕头，制造迷信，建祠盖庙，迎神送鬼；比起鸡血疗法，甩手站桩，气功万能，走火入魔，相对地讲，要无害多了。那些新婚夫妻无伤大雅的行为，从保持这一点不对任何人构成妨害的隐私来说，人们还是应该学会尊重一些为好。

“水至清则无鱼，人至察则无徒”，毛主席曾运用这句成语来说服那些绝对化了的同志，什么事都要求百分之百的纯，九十九点九九都不行，实际倒是脱离群众的。他还说过一句“金无足赤，人无完人”表明人与人的差异是客观存在的。要求所有人的行为举止绝对合乎规范，那是不现实的。这些新婚夫妻的下一代，还会挑这一天举办婚事吗？恐怕就未必了。

中国人这种热心诲人不倦者不少，以教育帮助别人为己任，而自己却无所谓的人，则好像更多些。同是一件事，我们看到好几个大城市的电话局也在高价拍卖号码，一个类似八十八局的八八八八差不多意思的数目，能卖到好几万块钱。城市交通部门也不后人，汽车牌照的号码，或因朗朗上口，或因谐音吉利，在拍卖现场被一个个有钱的买主哄抬上去，都卖出了上好的价钱。我们有幸看到了那个热闹场面的相当正面的报道，作为一种新鲜事物介绍给观众。没有什么负面的批评之类的议论，连不敢苟同的看法也听不到。我不知道那些热心肠的、诲人不倦的人，到哪里去了？

想到这里，我也真不知说什么好了！

止当其止

苏东坡在他的一篇《自评文》中这样来形容他写作时的感觉，虽然有点儿不够那么谦虚，但却道出为文真谛。“吾文如万斛泉源，不择地皆可出。在平地滔滔汩汩，虽一日千里无难。及其与山石曲折，随物赋形，而不可知也。所可知者，常行于所当行，常止于不可不止，如是而已矣。”

如此大喇喇地评价自家文字，也只有如此豪放不羁的大师，才敢张嘴说出来。也怪，除了同辈的王安石直陈其绌，除了后辈的朱熹径指其短，数百年来对他持非议者，还真是不多。

这篇《自评文》不知因何而写，也不知因谁而写，最后这两句话，行其所当行，止其所当止，倒是值得所有执笔为文的人奉之为座右铭的。因为，文人的书写手段，由古代的笔墨砚台，到近代的钢笔墨水，到当代的电脑输入，其便捷程度，今非昔比。快有快的好处，快也有快的坏处，萝卜快了不洗泥，快也为粗制滥造者开了方便之门。

如今，一位作家，一年写数部长篇小说，觉得自己光彩，一位文人，一年出十本八本书，甚至引以为荣。这种以为地里收成越好越高兴，粮食打得越多越快活，而获得莫大满足的庄稼人心理，成为当代作家生产精神食粮的指导思想，想想也是蛮可悲的。

正是追求这种数量上的高产，可想而知，或信马由缰，横生枝节，东拉西扯，胡诌八咧，行其所不当行，令人不堪卒读；或拖泥带水，尾大不掉，当断不断，狗扯羊皮，止其所不当止。所以，唐代诗人祖咏，在考场作应制诗，摆明了要做十二句，只做了四句就交卷，这种“止其当止”的为文范例，重温一下，也许不无益处。

祖咏，洛阳人，生卒年月不详。属于盛唐前期的田园山水派诗人。

公元724年（开元十二年），他到长安应试。唐代的科举制度，到玄宗朝，开明经与进士两科取士。明经要好考些，录取率为十之一二；进士要难考些，录取率为百之一二。因有“三十老明经，五十少进士”之说，现在也难推断祖咏入场时的年纪。从他交往较多的同辈诗人王维、储光羲来看，祖咏考中的这年，他也该是近三十岁的人了。

他的主考官为杜绾，《新唐书》有名无传，唯知出身高门望族。这位主持考政的学官，我很钦佩。因为他不那么教条主义，而且心怀宽荡，按今天的话来说，能够接受，或虽不接受，但能够理解新鲜人类的新颖创造，实在是不容易的。一般来讲，在学界，稍有成就者，对于后进者的尝试，动辄挑剔打压；在文界，名声响亮者，对于初学者的创造，往往鄙蔑不屑，这也是屡见不鲜，看多了看久了，也就见怪不怪的事情了。因此，在学术界，新芽之崛起，在文学界，幼苗之成长，要是碰上这班老爷，倒霉是注定的。祖咏属于幸运者了，赶上了这么一位相当明智而且理智的考官。

换个主，说不定早把考卷扔进纸篓，还要召来申斥一顿的。

进士考，分帖经、杂文、时务策三场，而杂文考，只需就题作诗与赋各一篇。唐人重诗是唐诗繁荣的基础，而官方提倡更是推波助澜。诗写得好坏，事关大局。祖咏进场以后，拿到的诗题为《终南望余雪》，限五言排律一首，六韵十二句。

祖咏这样写他的应制诗："终南阴岭秀，积雪浮云端。林表明霁色，城中增暮寒。"只四句，二十个字，就交卷了。

宋人钱易在《南部新书》里提到了这则文坛佳话："祖咏试《雪霁望终南》诗，限六十字。成至四句纳主司，诘之，对曰：'意尽。'"宋人计有功的《唐诗纪事》卷二十，也有记载。清人编《全唐诗》，在此诗下加注："有司试此题，咏赋四句即纳，或诘之，曰意尽。"

"意尽"，只要"尽"了，就搁笔。这就叫"止其当止"。终南山在长安的西南，站在城中眺望，只能看到山的背阴一面，而且还是高耸入云的峰巅部位。因为雪停了，天晴了，山顶那皑皑积雪在落日的余晖里显得格外光亮，可在城里的这个傍晚时分，那寒冷的感觉也益发袭人了。

确实，诗写到这里，仔细想想，接下来真是没有什么可写的了。因为题目摆在那里，写什么都是多余的了。

主考官杜绾，虽然“诘之”，但听到这个考生的回答“意尽”，也就理解，也就宽容，也就不因他只写了四句而扣分，最后三场考下来，终于中试，终于释褐，成为进士。

苏东坡说：“所可知者，常行于所当行，常止于不可不止。”其实，行之匪易，止则更难。因为行的驰骋空间相对要宽阔些，而止的选择余地则相对是有限的。所以，止到好处，也就是“止于不可不止”，恐怕是每个写作者都会碰上的难题。

明代的谢榛，前七子之一，在《四溟诗话》卷二里谈论唐代大诗人李白、杜甫时，发表了这样一个观点。“大篇决流，短章敛芒，李杜得之。大篇约为短章，涵蓄有味；短章化为大篇，敷演露骨。”

为什么当代一些作品，越写越长而越臭，越写越多而越糟呢？就是不甚了然“止其当止”的道理。“意尽”了，就不必再“码字”下去。一碗米加三碗水，煮出来为饭；一碗米加五至六碗水，煮出来为粥；一碗米加一百碗水，煮出来，除了增加排尿量以外，别无益处。

祖咏的止，值得效法。